刘成信/主编

# 中国杂文

ZHONGGUO ZAWEN

（百部）卷二

# 魏明伦集

WEIMINGLUN JI

吉林出版集团股份有限公司
全国百佳图书出版单位

图书在版编目（CIP）数据

中国杂文百部．当代部分．第2卷．魏明伦集 / 刘成信主编 ；魏明伦著．-- 长春 ：吉林出版集团股份有限公司，2013.1

ISBN 978-7-5463-7825-1

Ⅰ．①中… Ⅱ．①刘… ②魏… Ⅲ．①杂文集—中国—当代 Ⅳ．①I26

中国版本图书馆CIP数据核字（2012）第288935号

# 魏明伦集

WEIMINGLUN JI

出 版 人 吴文阁
作　　者 魏明伦
主　　编 刘成信
责任编辑 金方建
封面设计 梁文强
开　　本 650 mm × 950 mm 1/16
字　　数 75千字
印　　张 11
版　　次 2013年3月第1版
印　　次 2020年5月第1版第3次印刷
出　　版 吉林出版集团股份有限公司
发　　行 吉林音像出版社有限责任公司
　　　　 吉林北方卡通漫画有限责任公司
地　　址 长春市泰来街1825号　邮　编：130062
电　　话 总编办：0431-86012893　发行科：0431-86012770
印　　刷 三河市华晨印务有限公司
ISBN 978-7-5463-7825-1-02　定　价：28.50元

# 《中国杂文》(百部)
# 总 序

刘成信

## 一

人类的文学艺术,源远流长,丰富多彩。随着社会的推进、发展,其分门别类日益精细——从最初的歌曲、舞蹈、神话、故事等逐步演绎出诗、散文、小说、戏曲。直到上个世纪初,科学技术与文学艺术融合,又有了电影、电视剧等。

有一种文学艺术虽然在中国问世两千余年,由于后人未给予"名分",以致到二十世纪初,才从文学艺术谱系中分野出来,这就是古老而年轻的杂文。

人类和自然界大体都遵循适者生存的法则萌芽、生长与消弭。两千多年来,杂文本应与小说、诗、散文、戏剧、音乐、电影等姊妹艺术一道,繁花似锦、根深叶茂。然而,它没有像先贤们渴望的那样,而是纤弱,时生时灭,时有时无,同其他汗牛充栋的文学艺术作品相去甚远。

## 二

时序到 1915 年,中华文学艺术宝库迎来新曙光,一个精灵出现了——杂文在多灾多难的中华大地,被一些先知先觉的知识分子接受了!

杂文这个新成员一俟来到华夏，其特性便与众不同——首先是符合社会发展规律，它主张顺应历史潮流。它不重复生活，不还原历史，不演绎过去，而最突出展示将来，预期社会走势，判断人间是非。

杂文一俟来到华夏，便告之，它向往和平、民主、科学、自由、平等、人道、富裕及真善美；杂文憎恶专制、昏聩、愚昧、野蛮、特权、贪婪、奴性、虚伪及假恶丑。杂文与其他文学艺术既相通又有自己的特性。

杂文一俟来到华夏，就融于文学大家族，与各种文学艺术形成天然的血肉联系。它不像小说刻画人物，而是粗线条勾勒人与事；它不像诗、散文等那样纤细、抒情，而是明白如话，开诚布公。但杂文能够调动各种姊妹艺术如寓言、故事、说唱、戏曲、元杂剧等“为我所用”。

杂文一俟来到华夏，它就友好地“拿来”社会科学乃至自然科学的多种文化元素。它不是政治学，但只有不迷失政治选择，才能解析身边社会的变数；杂文不是社会学，但只有掌握瞬息万变的时代脉搏，才能适应人间丛林法则；杂文不是历史学，但人总应拨开历史雾障，略知历史长河的走向；杂文不是生理学不是心理学，但它能解剖人性、解读人生、理顺人际关系；杂文不是方法论，但它无处不闪烁思想方法光芒；杂文不是文艺学，但它评价文艺现象既深刻又形象；杂文不是美学，但每篇优秀杂文无不抨击假恶丑，无不向往美、赞扬美……

理解杂文、认识杂文，才能与杂文为友，才懂得杂文的大爱。杂文真的是半部百科全书。

## 三

杂文打捞历史风尘，知耻近于勇。杂文对于文化批判，社会批判，历史批判，人性批判，世世代代惹来不知多少是非。

嫉妒杂文、讨厌杂文者，甚至欲将杂文从百花园中斩草除根，所以，杂文往往难以长成大树，多少代都不能像其他文学艺术那般枝繁叶茂。有人说杂文偏激，有人说杂文片面，有人说杂文招惹是非，更有人对杂文产生各种各样的误解。以至于把杂文称之为乌鸦，恨不得把一切不祥之物都推到杂文身上。

杂文，曾为作者“惹”下多少祸根，有人曾因杂文葬送自己的大好前途，多少代杂文人曾为自己带来难以洗清的污秽。

然而，实践证明，杂文只能为民众造福，世世代代多少志士仁人，曾为杂文洗刷了一切不实之词，它为人们启蒙越来越受人们欢迎。

## 四

本书作者共计三百八十位，分当代、现代、历代。

我们试图把1915年《新青年》“随想录”诞生前的杂文划为历代，1915年到1949年划为现代，从1949年到当今划为当代。

1915年“随想录”之前称之为杂文，主要是根据作品性质、特点，而不是按刘勰在《文心雕龙》所谈的“杂文”。

当代作家选五十位，每人一部杂文，五十篇左右。另有合集十部，每部二十几位作家，共二百多位作家，四百多篇作品；现代作家二十位，每位五十篇杂文，七万多字，另有四十多位杂文作家，十部合集；最后选七十多位历代杂文作家，均为合集，每篇作品都有注解、题解、古文今译。

当代五十位杂文作家大体是根据五点遴选的。

一、杂文创作时间超过二十年；二、曾创作有影响的杂文作品在三十篇以上；三、曾创作经典性杂文作品；四、作品强调思想倾向的同时，艺术性也不为之忽视；五、曾在国内组织带领作家创作杂文卓有成就者。

二十多年来，我曾在助手们协助下选编各种版本杂文集五十余部，选编如此大型杂文丛书，对我是一种尝试，深知其难度。这部《中国杂文》（百部）整整花费我四年时间。杂文作品浩如烟海，读数百册杂文集、数百万篇杂文作品，难免挂一漏万，特别是这部大型丛书在国内尚无参照系，错讹在所难免，恭请诸位指正。

选编者 2012 年 11 月 10 日

于长春杂文选刊杂志社

# 巴山鬼话(自序)

魏明伦

一、蛰居巴蜀小城,半生从事戏文。敝姓魏,这个字不能简化,一半委,一半鬼。姓氏注定委身于鬼,写起戏来便有些鬼聪明、鬼点子、鬼狐禅,总爱离经叛道,闯关探险。于是招来褒贬不明的绰号——戏鬼!

褒之可上《录鬼簿》,在元人杂剧前辈诸公之后叨陪末座。贬之则用铁扫帚打入另册,与牛鬼蛇神为伍。

二、古代杂文、散文、论文没有明确分门别类,统称文章。五四新文化运动逐渐演变界定为杂文、散文、论文几种体裁。杂文领袖鲁迅,散文大师朱自清、林语堂、周作人、谢冰心等等。当年杂文、散文一时瑜亮,各有千秋。据我偏爱愚见,诸家散文精品再美,也不及鲁迅杂文解剖人生,震撼灵魂,推动时代,彪炳史册。可惜鲁迅风骨后继无人,谁继承谁倒楣。锋利的杂文,带刺的玫瑰,开始凋零于五十年代中期那个寒冷的夏天,后又全军覆没于那场说来众所周知,其实众所不知的滔滔浩劫,重重黑幕里……

三、杂文是个奇特品种,太黑暗或太光明的时代都没有她用"文"之地。

天下太无道,不准庶民非议,庶民不敢公开非议。

天下太有道，放手让庶民非议，庶民则无可非议。

当天下进入新旧更替，美丑交织，光明与黑暗周旋，真理与假话角逐，改革与保守碰撞，开放与封闭拉锯，分娩伴生阵痛，裂变引出奇观，法制虽不健全却又保持相对的民主……这时代，杂文应运而生。

别说其他，单揭官场腐败，就足够杂文家嘻笑怒骂：追问这种被老百姓深恶痛绝的所谓“现象”是否已渗入本质？为何其生命力如此顽强，繁殖力如此普遍，应变力如此灵活？反腐败号令久矣，为何老是雷声大，雨点小？反来反去，腐败现象反而每况愈“上”！真奇怪，为什么腐而不“败”呢?!

指桑骂槐是佯狂假痴的真话！

四、杂文别多写，这劳什子惹祸。若从个人眼前安危着想，远不及挥洒散文保险。

杂文多辛辣，散文多恬淡。杂文如烈火，散文似清泉。写杂文非刺不可，写散文没刺无妨。杂文如诤友，散文似情侣。杂文是怒目金刚，散文是低眉菩萨。杂文逆耳，散文开心。写杂文风涛涉险，写散文安步当车。所以，人们趋利避害，形成现阶段散文热，杂文温，两种姊妹文体发展不平衡。像我这种酷爱并擅长杂文的角色，刚露两手独门活儿，就给自己惹出一身麻烦，吃了许多大亏。换招吧，与其降格减锐去弄那种人云亦云，不痒不痛的杂文，倒不如索性改写散文，玩玩美文，从兹只谈风月，彼此相安无事。

1994年1月

# 目录

# 牛棚读板桥

——系列杂文

**解题**：浩劫晚期，我仍身陷牛棚，精神食粮奇缺。长年只啃“小红书”，腻到反胃欲吐。忽于牛棚难友书法家白志云处发现一册影印《郑板桥集》，真如沙漠甘泉，渴极狂饮。借书回棚偷读入迷，梦与板桥先生摆“龙门阵”。常在拉车扫街之余暗写杂感，断断续续凑成一叠。多是谈画说艺，也夹有情不自禁的泼辣笔墨。曾私下传递二三可靠朋友邓遂夫、南国、张云初、严西秀、周禄正过目。尔后藏于箱底，尘封灰掩。

如今装修房屋，翻箱倒柜，重见残稿。鄙人不悔少年作，虽幼稚粗浅，亦不乏几分情趣，几分道理。

老窖出土，保持原汁，敬请诸君尝个“本味儿”。

1996年2月追记

# 趣在法外

——牛棚读板桥之一

**板桥题画：**江馆清秋，晨起看竹。烟光日影露气，皆浮动于疏枝密叶之间。胸中勃勃，遂有画意。其实胸中之竹，并不是眼中之竹也。因而磨墨展纸，落笔倏作变相。手中之竹，又不是胸中之竹也。

总之，意在笔先者，定则也。趣在法外者，化机也。独画云乎哉！

**小魏评说：**

好一个“独画云乎哉”。

趣在法外，岂止绘画，尤以文学创作为最。

相对而言，美术、音乐、舞蹈、表演、文艺理论等学科的定则都要比文学创作明显可见。据我笔耕苦吟，总觉得文学创作的定则似有若无，妙不可言，也苦不堪言。

世有专教美术、音乐、舞蹈、表演的学府，似乎还没有专教文学创作的院校？有国画系、油画系、版画系、导演系、表演系、舞蹈系、作曲系、声乐系、器乐系，甚至细到管乐系、弦乐系、钢琴系、提琴系。为什么没有小说系、诗歌系、散文系、杂感系？有《作曲技法》、《绘画技法》之类定则，却少见《小说作法》之类教材。有之，早被鲁迅斥为骗书，告诫青年千万勿信。《作曲技法》、《绘画技法》是作曲家、画家必修之课，必由之路，万丈高楼无不由此升起。但以读《小说作法》、《诗歌作法》为基础而成诗人作家者，中外罕见。前者越读越通，后者越读越迷，为什么？四海画家，五洲乐师，“斯基”也罢，“诺夫”也罢，成器者，绝大多数从画院乐府深造而出，沿定则之后巧夺化机。聪慧如冼星海，也从巴黎皇家乐府中进修获益。惟有文豪诗圣多出于江湖草泽。鲁迅、高尔基、梅里美、莎士比亚、杰克·伦敦、奥斯特洛夫斯基……或先学别科而中途改业，或遍历沧桑而握笔书愤，或献身革命而病榻记事，或仅仅识字而终生未进中学之门。他们师承谁人？定则何在？岂非务实践以求真知，藐定则以夺化机么？凡是学画、学曲、学舞、学表演者，都以进美专、音专、舞校、剧校深造为荣为幸，大多满载收获而归。唯有文学创作这一行，以进大学文科进修为苦事，载回满脑冬烘，为改行创造条件。学画者，如能临摹巨匠名作，依样画葫芦，笔笔不苟，点点肖似，虽不能称为艺术家，尚不失为难得的画师。学表演者，如能经名师亲授，将其拿手好戏照搬演出，一板一眼一招一式酷似名师，便是后起之秀。惟有文学创作生涯，如将谁家名著复写，句句照搬：非作家，亦非作者，是印刷厂排字工人！

文学创作，比其他姊妹艺术更无固定的规矩尺度，更需从“社会大学”寻求化机。

这样说来，文学创作果真没有定则吗？我看死守即无，活用就有。所谓“妙不可言”“苦不堪言”都是形容词，小魏我不是正在“言”么？

## 无纪律而纪律自在其中

——牛棚读板桥之二

**板桥题画：**石涛画竹，好野战，略无纪律，而纪律自在其中。燮为江君颖长作此大幅，极力仿之。横涂竖抹，要自笔笔在法中，未能一笔逾于法外。甚矣石公之不可及也。功夫气候，僭差一点不得。鲁男子云：“唯柳下惠则可，我则不可。将以我之不可，学柳下惠之可。”余于石公亦云。

**小魏评说：**

奇怪！此处板桥，与前面板桥判若两人。这里“未能一笔逾于法外”，与前论“趣在法外”岂不自相矛盾?

不然！这要看板桥极力仿效石涛什么玩意儿。是仿效他“好野战，略无纪律，而纪律自在其中”。正因为石涛本身敢破定则，板桥才有意仿效。此处暂作“笔笔在法中”，它处方能“趣在法外”。乍看矛盾，其实互为因果。

相传板桥恃才自负，傲气凌人；但此处面对具有真才实学的石涛，却这样谦恭。板桥曾刻印章“石涛门下走狗郑板桥”，公开自称狗腿子！后代齐白石又崇拜石涛、朱耷、郑板桥三家，作诗自白：“我愿九原为走狗，三家门下转轮来”！竟甘愿作走狗之走狗。都说“文人相轻，自古皆然”，我看不见得。

仰慕真才实学者，正是真才实学人！惺惺惜惺惺，英雄爱英雄。我生平谬误颇多，尚无嫉才之病。前辈剧作家如曹禺，我五体投地，恨不以为师。同行剧作者如李明璋，我心驰神交，憾不以为友。明璋中年夭折之时，我尚是少年。曾作悼诗：“最恨同时不相识，明伦掩卷哭明璋。”凡有志于文学，求知心诚者，我皆平等待之，恨不倾囊相赠，以期携手并进。但对白卷英雄，捣鬼专家，红眼病夫，自然另当别论。鲁迅既有俯首之态，又有横眉之姿。吾从鲁迅为上。

## 学一半，撇一半

——牛棚读板桥之三

**板桥题画：**石涛和尚客吾扬州数十年。见其兰幅，极多亦极妙。学一半，撇一半，未尝全学。非不欲全，实于能全，亦不必全也。

**小魏评说：**

板桥虽自称石涛门下走狗，却不愿被主人牵着鼻子走。桀骜不驯的脾气，毕竟难改。惟其如此，石涛是孔雀，板桥是凤凰。否则，不与自家扮相商量，越学孔雀越丑，成了吐绶鸡！

我爱板桥，也不愿被板桥牵着鼻子。他学石涛，学一半撇一半；我学板桥，学一分化三分。板桥题画，题板桥之志；小魏读板桥题画，抒小魏之怀。

膏药一张，各人熬炼不同。

## 博与专

——牛棚读板桥之四

**板桥题画：**石涛善画，盖有万种，兰竹其余事也。板桥专画兰竹，五十余年，不画他物。彼务博，我务专，安见专之不如博乎？

**小魏评说：**

博与专，有没有高下之分？文艺复兴三杰之首达·芬奇，俄罗斯科学之父罗蒙诺索夫，十八般武艺件件精通，可谓博矣。列维坦擅画风景，列宾擅画人物，赵子昂擅画骏马，米南宫擅画山水，齐白石擅画花草虫鱼，可谓专矣。两者谁高谁低？反正各有各的好处。但鲁迅认为："博识家多浅，专门家多悖。"还是迅哥儿厉害，一语道破两家之弊。弄得不好，各有各的坏处。

常见一些专业文艺工作者，闭关自守，孤陋寡闻，与姊妹艺术老死不相往来。绘画者只知色彩线条，作曲者只知和声对位，写诗者只知修辞造句。诗无画意，画无诗意，画里无声，声中无画。这种"专"不是真专。又有一种"多宝道人"，天上晓得一半，地下全知，一写二画三唱歌四跳舞，外加整锁配钥匙，医治小儿夜哭……可惜门门懂，样样瘟，貌似千手观音，其实一窍不通。这种"博"是假博。

且看郑板桥，诗书画三绝。如此真专真博，今世有几人？

小魏童年失学，九岁登场，少年自修，业余握笔。穷则思变，乏则求精。无论古今中外，文史哲美，民谣俗谚，山歌洋曲，皆杂学旁抄，打开眼界。但兼爱百艺，岂可兼职百行？所以，我喜看水墨丹青而不去挥毫作画，喜听丝竹管弦而不去倚声作曲，能唱戏而不愿重施粉墨，能排戏不愿妄充导演。非不能也，实不必也。只将诸家百艺之精髓溶于我的专长——剧作之中，举一反三，为我所用。如此足矣，只欠天时了。若风云助我，小魏决非池中之物也！

## 丑　石

——牛棚读板桥之五

**板桥题画：** 米元章论石，曰瘦、曰绉、曰漏、曰透。可谓尽石之妙矣。东坡又曰，石文而丑。一丑字，则石之千态万状，皆从此出。彼元章但知好之为好，而不知陋劣之中有至好也。东坡胸次，其造化之炉冶乎！燮画此石，丑石也。丑而雄，丑而秀。弟子朱青雷索予画不得，即以是寄之。青雷袖中倘有元章之石，当弃弗顾矣。

**小魏评说：**

有道理，但有过火之偏。

艺术是美的学问，应以表现美取胜。怪在另有一种艺术是以表现丑夺彩。

鲁迅有语，大意为：悲剧是将美好事物毁灭给人看，喜剧是将丑恶事物撕破给人看。此公目光犀利，实在了不起。

漫画、相声、笑话、讽刺剧，都以描写丑恶见长。果戈里《钦差大臣》登场人物几十个，全是丑类。群丑集中，丑态百出，是一幅典范的《百丑图》。

生活错综复杂，有丑，有美，更有丑中含美，美中藏丑。肺病患者脸上的红晕，吸血鬼席上的八珍，淫妇的丰腴肉体，昏君的华丽外衣；反之，战士伤疤，寒士茅屋，冤鬼飘荡，益虫蠕动；岂能简单以丑写丑，以美写美。大汉奸汪精卫是个美男子，窃国大盗袁世凯像个伟丈夫。但鲁迅却是一副绍兴师爷刁相。他形容易卜生是“一脸怪相”，高尔基“一脸呆相”，马雅可夫斯基“一脸恶相”。我看郑板桥先生的画像尊容，也不似他笔下的兰竹那样俊秀。生活中尚且不宜以貌取人，文学艺术更不可照搬生活。千姿百状的客观事物，反映于千差万别的艺术家之主观世界，就产生千奇百怪的表现手法。

莫索尔斯基所作《跳蚤之歌》，初听噪耳，有丑感。静听，却有优美旋律回荡其中。此曲反映丑恶事物，跳蚤白白，是作曲家模拟跳蚤而塑造的音乐形象，反映了作曲家对跳蚤的憎恶与讽刺

(开一句国际玩笑，作曲家并非真跳蚤，而真跳蚤又岂有声乎)。倘丑而又丑，一片噪音，只会引起听众官能恶感，掩耳逃去，不复有音乐矣。作曲家把握了跳蚤的特点，谱出一种跳跃而怡然自得，虽怪异却又不失优美的旋律。从某种意义上讲，与其说丑化了跳蚤，不如说美化了跳蚤。跳蚤旋律越是夸张到悠然、飘然、得意忘形，越唤起听众愤恨跳蚤的心声。最后曲中出现人民大声呼吁消火跳蚤的音乐形象。跳蚤者，比喻沙皇的收税官员也！《跳蚤之歌》也与普希金讽刺短诗《蝗虫》一样，用特殊手法展示了深刻的主题。

罗两峰所绘《鬼趣图》，选材、构思、手法都很怪异。顾名思义，鬼中有趣，就是丑中寓美。画中群鬼，乍看丑陋；细辨之，丑中含有美态，人情味颇足，人间烟火气甚浓，与人类共通。有理论家认定《鬼趣图》是爱世之画。罗两峰遥想群鬼应知人世之乐，所以仿效人类之趣。我有不同见解，试言《鬼趣图》是愤世之画！当时社会黑暗，人欲横流，画家拒不画人，专去画鬼。暗示人间无趣，鬼域有情，人不如鬼，鬼比人美。罗两峰以丑写美手法，反映了人鬼颠倒的社会奇观。

川剧“三小戏”中的小丑，较之京丑昆丑，

确有四川风味。评论者或夸其语言生动，或夸其表演细腻。我看川丑之关键，正在于小丑不丑，寓美于丑。袍带丑的宦场气，红衫丑的书卷气，襟襟丑的泥土气，都如成都小吃，色香味形俱美。日后有机，我拟著《川剧论》，当以“小丑不丑”为专题详加剖析，这里按下不表。

板桥之石，不就如同跳蚤、鬼趣、川丑么？

然而，万事过头则谬。板桥欲以丑石霸天下，凡画石者，必须以丑为法。竟授意门生，将米元章的俊石弃如敝履。只此一家，别无分号之文风，似曾相识于当今……

打住！还是话说从前吧。例如传统画梅之法，曰疏，曰曲，曰斜，确实抓住了梅花的特点。疏影斜枝，也反映了士大夫的病态审美观。龚自珍《病梅馆记》，对此有所针砭。但千百年来，画梅多是沿袭疏斜传统，破格者极少。

近见关山月梅幅，满纸红梅，密如杜鹃花。艺术家希冀雪后群梅多多益善之意跃然画上。这种别具一格的密梅，绝不亚于疏梅之美。

世上有疏梅，也有密梅；有丑石，也有俊石；有小丑，也有小生。有以丑含美取胜，也有以美寓丑见长。鱼，吾所欲也；熊掌，亦吾所欲也。

板桥板桥：先生“样板石”偏激之见，恕我不敢恭维。

# 题画点睛

——牛棚读板桥之六

**板桥题画：**文与可墨竹诗云：“拟将一段鹅溪绢，扫取寒梢万尺长。”梅道人云：“我亦有亭深竹里，也思归去听秋声。”皆诗意清绝，不独以画传也。不独以画传而画益传。

**小魏评说：**

画题是画之眼睛，现代画师多不知此。

常见一般画幅，技法尚可，题名太差。大抵就事论事，画炼钢就题“炼钢炉旁”，画插秧就题“插秧时节”，太老实了。近见四川人民出版社出版的短篇小说集《老实人》，封面题签，竟是一张白纸上只写三个端端正正的仿宋字——“老实人”。真是老实得可怜。将来有机会，可将此书绘成漫画，标明出书年代，强调不敢越出雷池半步的小心特征，题画曰：“老”怕挨打，“实”在不敢创新的文化“人”！

画题与画俱佳，相得益彰。画虽平平，而题画绝妙，可使平平之画如点睛之龙，满身皆活，破壁飞去。

昔年曾见一漫画，整幅画面一片昏黑，一无

所有，真是无画之画！方惊讶，视其画题为《李逵误入黑松林》！不禁会意而笑，悟出这是讽刺自然主义的表现方法。我想再修改一字，将“误入”改为“夜入”，层次增多，一团漆黑更妙。

此虽无画之画，却比四平八稳之画更有才气。“李逵夜入黑松林”无画却有画境，“炼钢炉旁”有画却无画意也。

前日参加人防运砖劳动，豁然得一画意。画中主人是一位解放军战士，背景是部队修筑防空隧道，摆开一字长蛇队形传递红砖，渐至前景渐明，隐约似婉蜒长城状即可。前景普通一兵，汗珠闪闪，神态自豪，正将手中一砖往观众方向递去……如此构思，题画不当则平平。如题为“我是长城一块砖”，那就意味深长，满纸皆活了！

我也手持一砖抛出，哪位画家朋友拾去，或可引出玉来！

## 有无成竹

——牛棚读板桥之七

**板桥题画：**文与可画竹，胸有成竹。郑板桥画竹，胸无成竹。浓淡疏密，短长肥瘦，随手写去，自尔成局，其神理具足也。藐兹后学，何敢妄拟前贤？然有成竹无成竹，其实只是一个道理。

**小魏评说：**

道理何在？板桥道人这回念的仿佛符咒？弯弯绕绕，如同“反复旧就是复旧，反复旧必复旧”之类天书咒语。实在难懂，吾夜入黑松林矣！

揣摩板桥之意，是否如下：画竹之时，虽胸无成竹，但有多年生活积累，信手拈来，亦成章法，与胸有成竹，一个道理。

好像是这个意思，又好像似是而非？

如今提倡“三老四严”，要说老实话。不懂就不懂，不要装懂。这一则题画语，我未深解，另请高明点化。

## 硅石图

——牛棚读板桥之八

**板桥题画：**昔人画硅石图，皆居中正面。窃独以为不然。国之硅石，如公孤保付，虽位极人臣，无居正当阳之理。今特作为偏势，且系以诗曰：“一卷硅石欲擎天，体自尊崇势自偏，却似武乡侯气象，侧身谨慎几多年。”

**小魏评说：**

画硅石必居中心，演英雄必占中场。古今无

独有偶，早被板桥破除的清规戒律，又被谁人拾起当圣旨？

什么是国之砫石，如果高高在上，永霸中心，功则归己，过则推人，一语录而为天下法律，一发动而使人间地震；这不是砫石，是压在人民头上的泰山石敢当：

砫石是什么？是先天下之忧而忧，后天下之乐而乐，不贪人之功，不掩己之过，光明正大，甘居偏势，鞠躬尽瘁，死而后已。

谁是中流砫石？谁是头上大山？知识分子心里明白。

## 半字美学

——牛棚读板桥之九

**板桥题画：**盆是半藏，花是半含，不求发泄，不畏凋残。

**小魏评说：**

这种半字美学，生活中常见。且看时髦女郎，学西洋派头。夏日炎炎，扎紧身乳罩于内，却不全掩，而穿半透明之“的确良”于外。本意或许是遮盖某两点，但半遮半透，效果反而更加显著了！

文艺作品亦应是半含之美，若暴露无遗，即会使人产生“不过如此”之感。假若我辈男女，也像夏娃、亚当那样赤条条来往无牵挂，彼此习以为常，见惯不惊，不过就是那么一回事，很快索然寡味。两性之欲，反倒会因全裸而减少几分矣……

且慢！这是打个比方，说明艺术不宜亮底亮面，并非主张用脱衣舞代替节育措施。郑重声明，请勿上纲。

半字之美，应于深入生活、观察事物中得之。道理只能说一半，另一半在那一望无涯的天地玄黄……

## 触类旁通

——牛棚读板桥之十

**板桥题画：**昔人学草书入神，或观蛇斗，或观夏云，得个入处。或观公主与担夫争道，或观公孙大娘舞西河剑器，夫岂取草书成格而规规效法者！

**小魏评说：**

本人学历仅为初小，缺乏习字基本功，更不懂书法奥妙。观张旭、岳飞草书，颇惊其龙翔凤舞之势。原来书法家们写字也与“梭老二”、“红麻子”、青蛇白蛇打架有关。或许岳元帅戎马倥偬之余，常常蹲下身来细看蚂蚁搬家吧？

天地广阔，生活丰富。搞创作的，大事小事

都得留心观察。难不难？当然不容易。谁叫你爱上这一行，吃上这碗饭呢？

前日拉煤归来，中途见一群儿童“跳绳”游戏。我观之，思之，悟之：“跳绳”有哲理。

观其绳索翻腾，迷阵如网，人若陷入，确有“动辄得咎”之险。跳绳小儿，翩若惊鸿，灵若狡兔，勇敢冲进绳阵，又巧妙摆脱绳索束缚，七进七出，百折不挠，飘然而去，傲然返顾……岂不是敢于斗争、善于斗争、因势利导、化险为夷的“运动员”么？

另观其余小儿，入阵之前似有几分勇量，但入阵之后，大多不经实战。三跳两扑，失足就擒。更令人深思者，小家伙被缚之后，却又不去反省检查，而将缚己之绳接过手中，摆开绳阵，去缚别人！岂不是走向反面，从被整者转化为整人者吗?!

生活细节，很有启迪。它年创作或可有用，记而存之。

## 可恶的臭老九

——牛棚读板桥之十一

**板桥题画：**终日作字作画，不得休息，便要骂人。三日不动笔，又想一幅纸来以舒其沉闷之气，此亦吾曹之贱相也。今日晨起无事，扫地焚香，烹茶洗砚，故人之纸忽至。欣然命笔，作数箭兰、数竿竹、数块石，颇有洒然清脱之趣。其得时得笔之候手？索我画，偏不画，不索我画，偏要画，极是不可解处，然解人于此但笑而听之。

**小魏评说：**

扬州八怪之一郑板桥，名副其实——怪：

相传有富绅索板桥之画不得，托人多方斡旋，板桥才点头同意。富绅贪婪，竟送去整整一匹白绢，嘱板桥将绢画完，重金酬谢。板桥也怪，含笑接受了。取画之日，富绅展开绢左，见左下角画一小人，手挥一线游丝。富绅展开长绢往右瞧去，只见游丝袅袅，忽上忽下，横穿整匹白绢，至右上角，系着一支极小极小的风筝！富绅哭笑不得，自认晦气。

郑板桥的怪气，就是知识分子臭老九的臭气！

建安七子、竹林七贤、饮中八仙、开唐四杰……都各有臭气熏天。俱往矣，不说它。新文学旗手鲁迅，也有不少怪癖。第一至死不信中医，第二痛骂京剧梅兰芳，说是“男人看着扮女人，女人看着男人扮！”这与我国政府提倡中医，中央文革普及京剧大相径庭。臭气不只中国老九，苏俄知识分子也有奇臭。普希金赌钱，老婆偷人，他吃醋便搞武斗。若按白求恩大夫重于泰山的捐躯标准，普先生之死轻于鸿毛。号称革命诗人的马雅可夫斯基，写诗便写诗嘛，偏要过戏瘾，竟抬着广告牌上街卖戏票，广告大写“本剧由未来派诗人马雅可夫斯基主演！”这位马同志一辈子呼吁革命，待到革命成功，他却灰心自杀了。按说自杀即自绝于人民，为什么人民至今还是称自杀的诗人伟大？

为什么？臭老九如狗屎堆里的本人，读文件，听报告，老是心里问几个为什么。其臭之一是多识几个字，多读过几本书，“有点马列”。略知语出何处，理在谁家；是否原装货，可曾掺水？其臭之二是记性不坏，常将健忘的伟人几年前或几天前说过的话、发过的指示、做过的事情记得清清楚楚（此一时也，彼一时也，伟人哪里说哪里丢，你这小鬼还记着干啥）！其臭之三是讲究实效。一边看铅字，一边看现实，视其于国计民生如何？于老百姓是补药，是泻药，或是毒药？其臭之四是浮想联翩（这一点尤其可恶），不以读字面为满足，改用矿工式眼睛，往字里行间掘进。越是讳莫如深之文件，越想弄清天机奥妙。比如：文中越强硬处，必定是最虚弱处！文中越是大加渲染的普遍现象，必定只是个别现象！反之，文中越是轻描淡写的个别现象，必定就是普遍现象！诸如此类，掩卷彻悟，复又天真地自我否定："恐怕不至于这样坏吧？"结果却不幸而言中，事件之真相，事物之本质，往往与本老九所估计大体不差！

老九太可怕了，怎不打进牛棚去？所以至今出不来，活该。

## 平安的诀窍

——牛棚读板桥之十二

**板桥题画：**东坡画兰，长带荆棘，见君子能容小人也。吾谓荆棘不当尽以小人目之，如国之爪牙，王之虎臣，自不可废。兰在深山，已无尘嚣之扰，而鼠将食之，鹿将琢之，豕将虫豕 ？之，熊、虎、豺、麂、兔、狐之属将啮之，又有樵人将拔之割之。若得棘刺为之护撼，其害斯远矣。秦筑长城，秦之棘篱也。汉有韩、彭、英，汉之棘卫也，三人既诛，汉高过沛，遂有"安得猛士守四方"之慨。然则蒺藜、铁菱角、鹿角、棘刺之设，安可少哉？予画此幅，山上山下皆兰棘相参，而兰得十之六，棘亦居十之四。画毕而叹，盖不胜幽并十六州之痛，南北宋之悲耳！以无棘刺故也。

**小魏评说：**

发端于兰丛棘刺之微，归结于国家兴亡。板

桥不仅是画家，还具有思想家的襟怀。

但我欲反问板桥：先生既已有南北宋之悲，竟独无清兵入关，明末之恨！为何叹古不叹今，说远不说近？

板桥不答，打个哑谜让我猜。

板桥所处之世，正值文字狱，瓜蔓抄，帽子满天，棍子遍地之时。清兵入关掠夺明朝政权，如大盗成圣，讳言盗字。疑神疑鬼，怕人点穿。有士人试帖诗“清风不识字，何故乱翻书”，当局犯疑，上纲，杀头；有考官拟试题“维民所止”，当局疑为“雍正无头”，上纲，凌迟，有诗人咏黑牡丹“夺朱非正色，异种也称王”，当局疑心大作，满门抄斩。其实，都非作者原意，纯属牵强附会。那些迂夫子并无民族意识，满脑袋仕途科举，不料一把粉打在后颈窝，死得冤枉。

但是真正具备民族气节的反清文人，清王朝不但不杀，反用“官票”去请他们出山为新政府服务。

例如顾炎武：曾参加抗清起义，十谒明陵，追悼故国，诗文公开流露反清情绪。晚年仍纠合同道，不忘兴复明朝。又如黄宗羲，招募义兵，成立“世忠营”，武装抗清。失败后，隐居著书，屡次拒绝清廷应召。当局只好干瞪眼，拿这几位“反清老手”莫奈何。还有大画家八大山人，是明朝宁王朱权后裔。所画鱼鸟皆作“白眼向人”状态。签名“八大”，又像哭字，又像笑字，以“哭笑不得”之喻，寄托亡国哀痛。他公然把草书连写成“生不拜君”，表示坚决不向清帝山呼万岁。当局对此睁只眼闭只眼，不去找顾炎武、黄宗羲、八大山人的麻烦，任其著书绘画，终老林下；却掉转矛头，专门搜集毫无反清动机的科举考官考生的问题，大办专案，又不稳，又不准，却最狠地杀一大批。

可见历史并不简单化，这种“国情”得配以“国骂”——真他妈的弯弯绕！

再看身为康熙秀才，雍正举人，乾隆进士，又跻身于扬州八怪的郑板桥：面带怪相，心头明亮。既不随顾炎武、黄宗羲、八大山人等终身不仕，隐没深山；又不随那些倒霉文人糊里糊涂冤死文网；而是平平安安做他的七品官儿，什么瓜蔓，什么运动也牵连不上。

板桥先生莫非是个风派人物？

我翻遍板桥全部题画之语，几乎全是为艺术而艺术。略有兴亡之叹者，只有上述这一则，且有说远不说近之明智。板桥先生一辈子平安无事的诀窍，大约正在于此！

1975 年断续暗记

# 我“错”在独立思考

近年一些介绍我的文章，往往出于好心，隐去鄙人“阴暗面”，专讲幸运儿。仿佛是头沐春光，脚踏锦绣，一帆风顺走上剧坛。有的评论者，说我能写戏是由于自幼唱戏，熟悉舞台；比较了解我者，则说是由于从小自修，熟悉诗文；更具眼光者，发现我是个“杂种”——艺人和书生集于一身，兼备两种“童子功”……以上各有道理，本人甘苦自知，补充“交代”：我之所以现在勉强能写几个剧本，弄一些杂文，基因是很早以前就开始对戏剧，不！对人生保持了那么一点“独立思考”。

这个词儿，近年已无贬义；可在三中全会之前，在十年浩劫之中，在批判《武训传》之后，“独立思考”似乎是“脑后生了三根反骨”的近义词，谁沾上谁倒霉！我就因此铸成大错，误了前半生。

解放初期，我刚十岁，早已粉墨登场，小乖而已，绝非天才。只有两个优点：一是唱戏之余总想看书，二是看书之间总爱联想。例如演出《潘金莲》，我扮郓哥，台前卖梨儿，台后捧着郭老的《少年时代》，读到少年沫若单恋嫂嫂，不禁与台前潘金莲单恋小叔子挂上钩来。异想天开，便去问我那搞编剧兼司鼓的父亲："潘金莲如果遇上郭沫若，叔嫂关系又会怎么样？"这问题涉及政府伟人，吓得谨小慎微的家父连忙制止。一顿臭骂使我没法再问，只好去"独立"思考。据老师们说，我过早倒嗓，尖音一去不返，正是对这类问题"醒"得太早，想得太多的缘故。

性早熟无伤大雅，过早思索社会人生就危乎险哉。记得斯大林逝世，召开追悼会，奏起《国际歌》："从来就没有什么救世主，也没有神仙皇帝……"我的童心略感悲怆，跟着老师们默哀。忽然，有人放声干嚎，像麻五娘哭丧的"调门"！有人当场昏倒，像皇帝驾崩，臣民昏厥的"身段"！有人跪地叩呼"斯大林万岁"，竟与国际歌词发生尖锐矛盾！我的小脑瓜里迅速闪过一丝"独立"思考——这不是做戏吗？是表演啊！当时，肯定也有人和我一样反感，但都比我世故，不像孩子有感必发。我忍不住破涕为笑，两声哈哈，大逆不道！一位身穿黄军装的导演厉声斥责："这娃娃没有无产阶级感情！"家父吓坏了，事后挥拳便打，我拔腿就跑，父亲穷追不舍，爷俩沿着剧场椅子兜圈儿……

现在回忆起来，我当时真不该笑，错了。可有些老师同志们那种"感情"是否属于"无产阶级"

也须待考？中国的文盲艺人，对外国的斯大林缺乏深透了解，真情实感不多，悲戚则合度，昏倒则矫揉。那情景，与周总理逝世时，国遭大难，党处危急，人民切肤之痛，由衷之悲大不相同！后者真实，前者虚假。几千年遗留下来的封建观念，建国初期变相继承，一些老师把马列主义视为宗教，把苏联领袖供为佛祖，把追悼会开成近似迷信葬仪。不客气地说：更有人趁机“表演”以示信徒虔诚，意在给领导留下可靠印象，为入党入团创造阶梯！难怪咱们后来大跳忠字舞，盲从的根子早在五十年代初期就培植了。

本人正因从小反感迷信，成年越发“思考”，所以屡罹文祸——1957 年饱受批判，已够右派分子水平，幸而未到公民年龄，戴不上帽子，罚往农村劳动三年。“四清”运动划为四类，十年浩劫打入牛棚。棚内同犯此去彼来，时而“走资派”，时而“造反派”，反复交换阶下囚和座上宾的位置。我则一派不沾，长期受审，各派统一定性曰：“魏明伦是死硬了的牛鬼蛇神！”

我自身充满矛盾——思想非常敏锐，但感情脆弱，行动怯懦，见手铐变色，闻死刑丧胆，经不起专案组文攻加武斗，只得老老实实交代历年来的“独立思考”。苟全性命于乱世，那副窝囊相，真是不堪回首……

俱往矣，幸赖三中全会的政策逐步落实，书生报国有门，辛勤笔耕，力争一年一戏，一戏一招。去岁赴蓉公演新作荒诞川剧《潘金莲》，又遇见那位知道我老底的导演。阔别多年，从他眼神中，我看出一句潜台词："这娃娃'洋起来了'！"是啊，时代变了，我能不变吗？性格从脆变韧，行动从怯变勇，但有一条没变，依然坚持"独立思考"的习惯。

譬如《潘金莲》，四川一些同行刚听题材就摇头，严肃地告诉我：周总理早在六十年代就批评了欧阳予倩二十年代旧作《潘金莲》，盖棺定论，这人物不值得写，别去碰枪口！我一面恭听，一面思考：不是刚宣布"上下五千年，纵横几万里"都可以写吗？怎么又划禁区了呢？潘金莲比西太后的罪大么？连西太后都可以写成初具良知，渐变万恶的女主角，又未尝不可以揭示潘金莲由单纯到复杂，由挣扎到沉沦，由无辜到有罪的悲剧主题呢？关键不在写什么，而在怎么写吧？欧阳老对潘金莲始于同情没错，如果有错，是错在终于歌颂。我取舍欧阳老的得失，站在八十年代新角度重写《潘金莲》，始于同情，终于惋惜，大约不会违背历史唯物主义和辩证唯物主义的基本观点吧？可是，成都几位批评家视而不见两个《潘金莲》主题的区别，断言凡是周总理否定了的题材都不宜搞，再搞就是与总理指示唱"对台戏"！这顶帽子够大了！曾经沧海难为水，当头棒喝不但没有轰退“老运动员”，反倒敲出了我又一条独立思考：这不是在搞第三个“凡是”么？

我尊敬周公，但周公也是人，他的悲剧正在于恪守愚忠！下一代当然要继承他的美德，但再也不能延续他的悲剧了！

我辈既称“探索者”，就得冒险走向前人没有走过，或走了几步又被唬回来了的不毛之地。所谓“改革”，就得首先改革我们民族的盲从性。戏剧观念的更新，必须附丽于人生观念的更新。雕虫小技，治不了戏曲与青年的“代沟”矛盾。历史观、道德观、权威观、价值观、未来观……总而言之，人生观依旧是老一套，戏剧观安得不随之老矣？

说来惭愧，我是个拿不出小学文凭的习作者，安敢妄称剧作家？我知道，出色的剧作家应是出色的思想家，没有惊世骇俗的思想就写不出惊世骇俗的作品！本人离此标准尚差十万八千里，但是我不望而却步。千里之行，始于足下，在良师益友的前引后扶之中，在红眼小人的明枪暗箭之间，攀登、摔倒、起来、攀登……首都一家出版社给我寄来一张表格，其中一栏是“你的格言是什么？”遵嘱填上，我的格言是——

我不迷信一切格言！

1986年3月

# 小鬼自白

**您是什么学校毕业，有何文凭？**

拿不出小学文凭，与“毕业”二字沾不上边。

**您的职务？**

四川自贡市川剧团编剧，以前俗称“编改人员”，近年承蒙雅爱，改称“剧作家”。

**您如何爱上自己的职业？**

家父是川剧鼓师，兼通文墨，长期受聘担任戏班内场管事。鄙人从小被梨园始祖“太子菩萨”摸了“脑壳”。七岁学戏，九岁登场，台上扮演生净末丑，台下自修诗词歌赋，逐渐脱下剧装，爱上秃笔，由“三尺戏子”转为“一介书生”。

**您的坎坷？**

十四岁发表文章提意见，十六岁卷入反右运动，已够“右派分子”水平，只因乳臭未干，不到公民年龄，戴不上帽子。批判几通，罚往农村劳动3年。期满调回剧团，控制使用。尔后运动不绝，坎坷不止，十年浩劫，被打成“死硬了的牛鬼蛇神”……待到三中全会东风解冻，逐步落实政策之后，青春已如白驹过隙，恍尔人到中年矣！

**您的成就？**

虚度前半生，苟全性命于乱世，谈何“成就”？近年才有剧本《易胆大》、《静夜思》、《四姑娘》、《巴山秀才》、《岁岁重阳》、《潘金莲》、《夕照祁山》……等相继问世，寥寥无几，屈指可数。其中三剧幸获全国优秀剧本奖，而被称为“妖异之作”的《潘金莲》影响超过前者：全国各省争议，波及台港欧美，虽然褒贬不一，毕竟褒多于贬。如果说重大的影响也算一种成就，拙作则可聊以充数。

**您最满意的著作？**

正如我对所有事物皆不完全满足一样，对自己的著作也没有“最满意”之感。

**您成功的秘诀？**

有诀但无秘，早已公开，艺诀十六字——喜新厌旧，得寸进尺，见利忘义，无法无天。皆属艺术追求，而非生活信条，譬如“利”指有利于适应时代，争取观众；“义”指僵化的教义、定义。我是生活中的守法户，艺术上的违法户！

**您最尊敬的一个人？**

鲁迅。

**您最高兴的事情？**

独立思考。

**您最鄙视的行为？**

嫉诽人才。

**您最苦恼的事情？**

以前最苦于无事可做，现在最苦于事做不完！

**您有自己的格言吗？**

有，我的格言就是——不迷信一切格言！

**您的目标？**

最终目标是坟墓，人总是要死的嘛，只望我的墓碑上能留下两行字——

没有白活的人，

值得研究的鬼！

1987 年 12 月

# 《河殇》有幸谁不幸

昨夜晚吃酒和衣而卧，稼场鸡惊醒了梦里南柯……

三句话不离本行，我哼着戏文，拆开邮递员送来的快件——某刊举办《河殇》笔谈，要我叨陪末座。一纸航空约稿信，蓝天白云，飞啊，飞进寒舍，已是十天零八小时后。神州不神速，超级慢镜头，岂止应悼《河殇》，我看该做“天问”。

中国人习惯慢半拍，不肖的我却是急性子，毛病在快三分。凡事慢了讨厌，快了就不讨厌么？譬如北京戏板腔体，一板三眼，法度严格，慢半拍或快一丝都会顶板。戏文内的“稼场鸡”深知法度三昧，适时报晓，妙在不早不晚，不快不慢之间。设若半夜起来咕咕叫，于人于鸡皆不利。扰人清梦，鸡则可能付之刀俎，与鱼肉同归于尽。可见快了比慢了更险，所以吾土吾民风习宁可落人后，不为天下先。

《河殇》终于再次重播了！说什么？我想说的，评论家们几乎都说了；而《河殇》里某些话，我又早在两年之前说过……

且慢！后一句失口，列位请勿高声疑问，这事儿险遭大祸，至今我余悸犹存。只与好友说，莫向外人传，附耳过来——小弟前年曾在某地某会讲学，讲稿发于某刊某期。那时节，我本该说些编剧雕虫小技，国粹一板三眼；或者说说礼貌用语：你好，谢谢之类；无奈偏要忧国忧民，居然反思历史，求索中外。我说什么来着？啊，说帝国主义未必是资本主义的最后阶段！说农民战争不是历史前进的唯一动力！说长城好似大围墙，黄河有如束胸带，束得母亲乳房干瘪，发育不良还自高自大！说龙是封建君权象征，龙的传人实为恐龙传人，大而无当，自相残杀，龙祖龙爷已被开除球籍，龙子龙孙不以为戒，反以为荣！说中华民族智慧与愚昧奇妙结合，美德与劣根溶为一体。别老吹愚公移山了，移了几千年，移来一场文化大革命，咱们愚忠的愚公后代是否也该自省一下民族素质如何？知耻近乎勇，讳疾近于亡，这一代多出一批“龙的叛臣孽子”，中国才有希望……我说了整整三个小时，内容多少与《河殇》灵犀相通。当然，我是小巫，怎及大巫《河殇》诸学者那样系统、那样广博、那样深刻，更没有配画配乐加朗诵，没有借电视传播媒介，飞入寻常百姓家。尤其不及《河殇》适时问世，于1988

年七届人大会后喷薄而出。

我说早了！不但未获殊荣，反倒给自家招惹许多麻烦，至于麻烦到什么程度，详情恕不奉告。托党中央的福。三令五申，严禁下面“横扫”、“扩大”。本人无党无派，非盟非社，乃是一个彻头彻尾的平头百姓写作“个体户”。草台班子唱戏出身，拿不出小学文凭，不算文盲算半文盲，不算大老粗算小老粗，“易胆大”身价不大，“九龄童”童言无忌。金盆打水银盆装——原谅原谅。大河口子丢盐包——海涵海涵。高抬龙头，赦个左右，造弓者造弓，造箭者造箭，魏明伦还是让他写戏去罢……得令，急下，拉幕，换景，有话则长，无话则短，忽闻掌声雷动，喜看《河殇》登场！

真个是金鸡报晓，朝霞满天。虽然还有争议，毕竟没遭大麻烦。《河殇》幸运，文艺幸运，国家人民大大幸运。

小小不幸的是谁呢？当然是半夜起来咕咕叫的短命鸡！就我一个倒霉吗？小鸡何足道哉，可有叫得更响而更不幸者？

1988 年 2 月

# 文学与自我

这座圆溜溜的星球上，人类堆积太多，只好用几何板块划分人的脑袋。矮子们往往把自己弄丢了，又常常不甘示弱，像拿破仑一样踮起脚尖，骚动着，呼喊着，想把自己寻找回来。

我比拿破仑的个子还矮，只与鲁迅、曹禺身材相当。反复衡量，没力气玩枪，有条件摸笔，于是便操起了文学。

文学就是我，七情六欲皆有，强烈度超过一般人。多梦，神驰八极，喜欢自由自在，第六感觉特别敏锐：风吹竹，雨打萍，疑是民间疾苦声。联想无边无际，没完没了，越是讳莫如深之事，越想弄个水清石现。

文学应似我，不搞现代迷信。文学使人陶醉，迷信使人麻醉，两者都能引得芸芸众生着迷，但迷的后果大不相同。低档的文学也比高档的迷信更好，出一大群金庸迷、琼瑶热有什么要紧？出一帮子挥舞红宝书的迷信狂可就要命了。

文学是狡黠的情人，话不说透，让你自个儿

猜测。她用遮掩来突出，用省略来增添，用一支鹅羽在你心尖上轻轻撩拨，撩得妙不可言，撩得人用呻吟来表达快感。

文学是调皮的小孩子，不踱方步，爱跳，爱跑，有时跑出格去，被人揪着耳朵抓回来，挨一记耳光仍不老老实实，一眨眼，一溜烟，又跳出了跑道的白线。

文学是唠叨的老奶奶，成天发牢骚，看不惯的事儿可多哩。她嘴上骂着，心里疼着，不断数落，不断干活。

文学不是五十年代人人皆适的干部服，而是八十年代时装展览会的模特儿。专门从事“喜新厌旧”，比陈世美勇敢，毫无内疚地遗弃布衣荆钗，并且不满足金枝玉叶，一夜之间轮换三千粉黛，公开反对“从一而终”。

文学不是老少咸宜的白水饮料，是我家乡土产的五粮液，文明者喝了更加文明，不文明者喝了也许更不文明，难免有“副作用”。有人借酒装疯，有人酗酒误事，罪过不在酒厂酒家。

诚然，国家兴亡，文学有责，然而能力有限。抒情咏志，顶多几句逆耳之言，信不信由你。文学不是武学，绝没有铁腕陷铜驼于荆棘，更没有巨手挽狂澜于既倒，做不了救世菩萨，当不了乱世奸雄。吾国十年取缔文学无伤宏旨，吾民十天不吃饭就得饿死。世间没有文学，没有我辈书生，人类照样吵架、斗殴、杀人、打仗；也照样邦交、社交、性交、繁衍子孙……只不过少了一些情趣，多了一点枯燥而已。

啊！我从文学中寻找到自己。

在千姿百态的文学“瞳人”里，反映出一个风格独特，性格模糊，资格浅薄，有为而无能，可爱而可恶，瑕瑜并见，美丑混杂的“我”！

1988 年 6 月

# 仿姚雪垠法　致姚雪垠书

姚雪垠先生：

阳春三月，有幸识荆，于全国政协会上同一小组参政。窗外万木复苏，室内众议成林，唯先生沉默寡言，似有隐衷？出入则超然独行，小憩则大厅孤坐，野鹤闲云，作哲人沉思状。在下揣度：哲人大辩若讷，必有古道热肠。所思所虑者，大抵是物价涨落、教育兴衰、人口增减等等为民造福、为国分忧之公事。民间疾苦，必将化为姚老笔底波澜。后生小子忝列新委员，理应仿效老前辈大公无私楷模，十分珍惜会议黄金时间，围绕老百姓迫切关怀的议题多添砖瓦。否则尸位素餐，开会不为民作主，不如回家卖红薯。

今日偶翻《文汇月刊》第六期，拜读姚老致该刊洋洋一万五千言尺牍。据先生自称，此系“利用”政协会议黄金时间精心制作。原来姚老当时所思所虑与众多委员所作所为不尽相同，乃是谋算如何找刘再复打私人官司。

刘再复何许人也？我素昧平生，不是他“哥

儿们”。《文汇月刊》何许刊物？我粗知梗概，却无来往，不是该刊“老作者”。姚老则与我略有缘分，牵着一点瓜葛——曾记否？远在刘再复“诽谤”大作《李自成》之前，姚老早就对鄙人拙作《潘金莲》公开“诽谤”！我付之一笑，未曾介意。原以为区区文艺作品，并非巍巍宪法，读者论者或褒或贬，悉听尊便。即使贬得一钱不值，也属于见仁见智，乐山乐水，百家争鸣范畴。今读先生奇文，大彻大悟，始知文艺竟有“老王卖瓜，自卖自夸，谁敢贬瓜，谁就犯法”之诉讼条款！多承指教，愿附骥尾，照着葫芦画瓢，仿姚老法，致姚老书，青出于蓝，不知胜于蓝否？

公元1987年4月，香港影视剧艺社移演拙作《潘金莲》。作者应邀访港观剧，新华分社为此举办记者招待会。是夜华灯初上，亚洲电视台突然播映姚雪垠先生在北京的演讲实况。荧屏辉煌，姚老“亮相”，声色俱厉，横扫千军。其中，点名“诽谤”本人著作之处，极少学术分析，多是霸道判词，甚至辱骂本人剧作“胡闹台”！港人闻之哗然，港报传为笑柄：可笑者不是巴山小秀才，皆笑堂堂老作家，嘴巴不干净，有失大将风度。对照刘再复评论阁下的所谓“谤”语，大巫在前，小巫逊色矣。

抚今思昔，岂能只许州官放火，不许百姓点灯。时代不同了，两个“凡是”一去不返，纵是伟大领袖特别优待的人物，也应“在法律面前人人平等”。阁下自视特殊，欲以刀笔代文笔，以讼案代争鸣，不惜自举词条，自搬语录，自诩杰作，自拟法规……此理若能胜诉，我亦不妨佯狂效法——夫《潘金莲》者，何等轰动之戏曲也！业经若干文坛权威赞赏，又经某某中央首长点头，唱进中南海，蜚声太平洋，伦敦翻译，台湾出版，“小百科全书”如此如此，“魏明伦词条”这般这般。谁敢贬我“胡闹台”，谁就犯我著作权、荣誉权、名誉权、这样权、那样权……等因奉此，起诉备案。姚老面对刘某是“原告”，面对魏某便是“被告”。前案君若胜诉，后案请君入瓮；反之，后案君若有道，前案还治其身。姚老岂不陷入悖论，搅成一锅粥耶？顺带提醒：近年被先生贬过、“诽”过的作者、作品似乎不少吧？倘成群结队而至，先生官司应接不暇。

以上戏言耳！彼此都不会动真格的，神圣法庭怎会受理这桩糊涂案。先生博学广闻，遥想当年顾颉刚教授控告周树人，徒具词状，终未开庭。迂夫子文笔技穷，乱搬刀笔恫吓对手，貌似强硬，实为虚弱。文人妄充法人，口中越是念念有“法”，内囊越是没有“法子”了。往事如烟，已成后人消夏谈资，姚老何苦再添笑林佐料。别筹划打什么官司，还是回到文论轨道上来。据我愚见，《李自成》仍不失为当代文学史上较有价值的佳作。凡写崇祯、洪承畴、张献忠等篇章不愧精彩笔墨，但主角李自成确有“高大全”之弊，老八队亦近似“老八路”矣！姚老若能让人臧否，总结得失，于完成续篇，更上层楼不无稗益。夏夜烦闷，何不推开书斋窗户，透透新鲜空气，看看新时期新人新作，听听海内外反响共鸣……中华民族几千年痼疾，社会主义几十年坎坷，马克思的局限，毛泽东的过失，尚且容许这一代老百姓反思，难道阁下三卷小说竟比五卷雄文更加完美无缺乎？

大江流日夜，代谢成古今，后辈固然应当敬老，老人亦当自爱。高山仰止，瞻望巴金、叶圣陶、沈从文、钱钟书、冰心、夏衍、艾青、萧乾、吴祖光、聂绀弩……皆姚老昔日师友，风雨故人。衮衮诸公之所以令人肃然起敬，不仅在著作等身，更在人品高贵。对世则忧患元元，对己则虚怀若谷。敬请扪心自问：当巴老病榻校阅《随想录》，担忧春寒料峭，“横扫”又来之时刻，姚老先生您正在做何事欤？幸喜江山无恙，暖和至今。晴方好，惜二三老人辞世。近读沈从文归真返璞寥寥数语遗嘱，不禁涕泪纵横，更悟桃李不言，下自成蹊也！

1988年7月于巴蜀遥拜

# 雌雄论

维妇代会召开之年，半边天映红之季，五四名篇《我之节烈观》书箧冷落之秋，传统精品《十二寡妇征西》盛演不衰之时，谨以少妇青丝几缕，老妪白发几茎，杂文一篇，问号一串，怅望苍苍太空，求教于文豪周树人、国父孙逸仙、诗人毛润之三大反封建前驱者麾下。

众公知否？近年海峡两岸议和，拟化干戈为玉帛，五千年前共一家。古语“炎黄子孙”忽变时髦，遂成当代华人自报家门之标准称谓。吾独沉思，炎帝黄帝同属雄性，缘何不提一雌？据另典记载：俺们华裔，是女娲姑娘与伏羲哥哥私生子女。今人不依此说，讳提“女娲子孙”，是否嫌弃始祖野合乱伦，难立贞节牌坊？故尔改抱炎黄大腿，连拜两位皇帝老倌作干爹，向外炫耀紫气东来。域外如何？碧眼西人不以祖先偷吃禁果为耻，欣然自称夏娃亚当后代，且裸女夏娃知名度大于雄汉亚当。伊甸园对比轩辕陵，更加反衬“炎黄子孙”重男轻女，尊父忘母矣。

虽是称谓，亦可窥见男性至上女性附庸的中国封建观念何等根深蒂固。小至称谓，大至婚姻，还有多少雌雄不平实质，深藏于貌似对称的蟠龙华表柱下？

众公当年高擎反封建大旗，鲁迅先生更趋激进。揭示男女不平，呼吁妇女解放，对贞节牌坊深恶痛绝。大笔挥洒《我之节烈观》，为天下年轻寡妇鸣冤，诉守寡苦，叹守寡难，驳守寡光荣论、斥守寡自愿说。哀其不幸，怒其不争，反对以任何堂皇理由绳引少妇守寡至死。檄文一出，摧枯拉朽，贞节牌坊摇摇欲坠……

愚钝自幼深受先生启迪，愿作迅翁门前桃李之桃李，誓与封建幽灵鏖战复鏖战。昨日繁弦急管，观罢传世之作《三娘教子》等等“寡妇专场”。长叹贞节牌坊并未全坍，文明新寡仍饰花环。夜雨绵绵，重读檄文，秋灯闪闪，蓦然发现：先生弥留之前，曾给年轻夫人留下一条至今尚未引起重视的遗嘱：“忘记我，管自己生活——倘不，那就真是糊涂虫。”这一笔堪称伟大的暗示，足见先生以身作则，不愧反封建前驱者称号。然而，病榻垂危，毕竟只是曲笔两行，远不及早年宣言黄钟大吕，旗帜鲜明。由此，我进而发现鲁迅研究者们不曾触及，或不敢正视的一大矛盾现象——《我之节烈观》作者的年轻夫人，守着《我之节烈观》作者遗像，从1936年到1968年，青丝变白发，少妇成老妪，熬过漫长的三十二年孤独生涯至死不渝。伟大的女性为早逝的伟丈夫奉献一生，却与伟丈夫生前启迪世人的指向背道而驰！先生言教和夫人身教孰是孰非？愚钝百思不得其解，迅翁泉下何以仲裁？

国父稍逊文豪一筹，遗嘱似无片言安顿遗孀。国母丧偶时仅仅三十二岁芳华，辞世时足足八十八岁高龄。苍天：孀居绵延半个世纪，长达五十六年！

固然，发不同青心同热，生同壮志死同穴。山海誓，白首盟，伉俪情，战友谊，继亡夫未竟之事业，履妻子应尽之天职。膝下荒凉，普爱全国儿童；肩负重任，争取环球和平。高尚人格，灿烂功勋，国之瑰宝，民之慈母，中华儿女谁不引以自豪？我于千声礼赞，万分敬仰之余，略感几分悲怆者，乃是另有不平发现也——

神州只见伟丈夫之未亡人从一而终，罕见未亡之伟丈夫始终从一，舞台亦无《十二鳏夫治国》之奇戏。设若夫妻双方均为非凡人物，女杰先逝，伟男健在，风华正茂，能坚持海誓山盟半个世纪永不另择女战友燕尔新婚么？即使伟男坚持，必有说客盈门，红线成缕，曰“协助工作”，曰“照顾生活”，曰“大局需要”，曰“群众期望”……总而言之，天经地义。敬请众公屈指遍数，岂有治国安邦伟男夫鳏居三五十年死不续弦之一例乎？

换言：设若伟男早夭，女杰孀居，也似国母丧偶时一般年轻，倘有再醮要求，那还了得，国将不国！必有说客盈门，压力如磐，或横眉厉声禁止，或泣血顿首劝阻……统而言之，伟男续弦有理，女杰改嫁无耻。谁敢冒天下之大不韪，海峡两岸共诛之，炎黄子孙共讨之！

至于绝妙好词“我失骄杨君失柳”，更是男女不平佐证。失柳者抚孤一生、失杨者结婚几度。若照董狐秉笔直书，不是“我失骄杨”，应是“骄杨失我”！盖因“杨”于1930年被捕就义，“我”早于1928年另觅佳偶。尔后详情，世人不知……物换星移，八十年代，忽然冒出一位梦想破镜重圆，甘守活寡将近半个世纪的红军女杰贺子珍！偌大一座高级贞节牌坊，可歌可泣，可敬可悲。

伟人是人不是神，何况是在旧中国土壤上产生的伟人，怎能不受一点旧中国气候影响？历史局限，无损光辉形象，反封建前驱者尚且或多或少残存封建遗习，遑论二亿三千五百万文盲半文盲生男育女偏爱这半边天，不喜那半边天乎？甚至一些斯文人家也乐于弄璋，厌于弄瓦哉。纵观茫茫人海，男女不平乃父系社会通病，而吾国此病尤深。反封建大功告成否？女娲子孙——却一辈子加入不了妇联的魏某于妇代会外赠言：姊姊妹妹，婆婆妈妈，辨花环反思牌坊，庆三八勿忘五四也！

1988年10月

# 毛病吟

毛毛雨，微微风，病榻观书，一枕遐思。梦西苑病梅，叹东亚病夫，听刘天华老牌《病中吟》，淡淡忧愁，如烟，如雾，美在虚无缥缈间……

欣赏缥缈旋律，通感模糊语言。近年新名词轰炸，使人耳鸣目眩。例如弗晰逻辑，本是 fuzzy-Logic 的音译，一经汉化，即称模糊逻辑。推而广之，模糊数学，模糊集合，模糊概念，碓窝搅浆糊，一团混沌。这玩意儿岂是舶来专利品？我中华大国古已有之，足够编印《土产模糊语言大观》。其中最模糊、最玄妙、最典型、最普遍、最有中国特色、最最最者，当推“毛病”二字。

语出徐咸《相马书》：“所谓毛病，为害最大也。”原意专指瘟丧马儿，后由老百姓二度创作，举凡五痨七伤，千疮百孔，红崩白浊，花柳麻风，一切不可名状之顽症，统称毛病。二字千钧，盖世无双，内涵悠悠，外延茫茫，说不清，道不明，摸不透，摆不脱，应用万物，普济众生，放之四海皆准。海可枯，石可烂，惟毛病万寿无疆。

人吃五谷生百病，无论巨型圣人、巨型狂人、巨型罪人概莫能免。害病非耻辱，有病不瞒医，早治早愈，则不会堆积如毛。齐桓公青春壮志，匡天下，合诸侯，固一世之雄；暮年黄昏，闭塞言路，暗疾似牛毛丛生。待到围墙哀鸣“寡人有疾”，时日曷丧，妃子、世子、臣子抢椅子，动刀子，一群败家子，一副烂摊子，祸及孙子，责在老子，“寡人有罪”矣！历史悲剧老掉了牙，从略，换个新鲜节目吟哦……不吟也罢，且为尊者讳。

泱泱中华，扁鹊先生和彭大将军太少，我这种为尊者讳的角色太多，所以毛病总是治不彻底。试看当前下面官倒爷多为不倒翁；老子赋闲而不闲，妻子无权胜有权，条子无胫走千里，公子无本捞大钱。此风何处来？是洋人教唆？是今人首创？追本溯源，是否与老毛病有着千丝万缕内在联系？谓予不信，回忆十年浩劫——谁家妻子枕边批条子？哪家老子幕后装瞎子？八亿人瞧这一家子，教出了多少两口子？……夫妻店上行下效，裙带风源远流长，关系网盘根错节，剪不断，理还乱。当初侧重于权，今朝侧重于钱，乍看新弊端，实为后遗症。通货膨胀，根在史无前例经济长堤崩溃。人满之患，源在开国伊始批判识途老马。教育寒伧，非一日之寒，校舍茅屋早为秋风所破。脑体倒挂，难道是从今天挂起？穷老九几十年一贯遭受倒悬之灾……大江东去，逝者如斯，留下数不清的苦果，让咱们这一届首脑，这一代人民共同咀嚼，毛病难治啊！

难治不等于没治。十年改革，一句概括，功在医治毛病。尽管尚有弯弯绕绕，模模糊糊之处，但岐黄高手们青囊有效，慎用虎狼药，巧借海外方，电疗与气功结合，以保守疗法循序渐进，苦衷可谅，治绩可观。奈何吾国习惯敬神：惧瘟疫则供瘟神，疗疾病则盼神医，指望神手一挥，药到病除，遍地莺歌燕舞。殊不料神医也是凡人，妙手也有失手处。毛病如此深沉，一二疗程焉能根治？何况孕育难免呕吐，新生难免阵痛，一吐一痛，遂使期望过高之人大失所望。惶然，忿然，云山雾罩，因果关系颠倒，模糊概念产生，模糊逻辑一推，模糊集合于下——戴像章，哭祖庙，抬头望见北斗星，困难时想您方向明，三中全会不如“三面红旗”，改革不如“文革”，这十年不如那十年，治毛病不如害毛病……

老天爷，龙的传人毛病复发！

我亦感染，两眼模糊，托远飞大雁，捎心儿回归——那是个什么年头？三面旗帜怎样染红？天下太“贫”，黎民长“瘦”，虽然少见涨价，而饿殍的数字从不公布。疯狂的节日像章伟哉，一像闪光万骨枯，圣人凡人皆悲剧。幸存者并非吹毛求疵，确实不堪回首，回首则毛骨悚然。

青年不识毛病味，我辈应知毛病凶。平心而论，这日子比那日子好过，这一届比上一代开明。千般好处只举一条为证：如今是吟罢低眉有写处，好歹容许讲几句真话，不似毛病大发之时，文字狱，瓜蔓抄，像我这样一吟便会割断喉管。时代进步，标志在此。后退没有出路，还得向前继续治病，行吟而不卧床呻吟，风骚而不空发牢骚。何年根治？相信当代扁鹊有数，后世华陀增多，但愿吟出东方的希波克拉底誓言，写出一部新陈代谢的助产优生喜脉案。

1988 年 11 月

# 半遮的魅力

艺术是个精灵，这家伙千变万化，其中一招是遮掩。

神龙见首不见尾，遮去一半……

雪上空留马行处，掩去一半……

待月西厢，迎风户开，妙在一半……

怀抱琵琶，美人遮面，魅在一半……

江湖术士称“半仙”，地头土豪称“半城”，风雅宰相贾似道自题“半闲堂”，风韵梁妃半老徐娘常作“半面妆”……大千世界，众生百态，半遮半露，引人入胜。

月亮老爷爷，更为精通此道。你看它永远只露一半身影，绝不肯转过脸儿，将后一半示众。几千年来，引起骚人墨客无限飞思畅想，催出多少向往琼楼玉宇的浪漫诗文？连人民公社亿万文盲也大写民歌：放卫星，上月宫，吃桂花酒……待到真格的人造卫星拍回月球背面照片，揭了老底，原来老爷爷那一半与这一半完全雷同。于科学家有益，于文学家索然寡味，于乌托邦空想家更是上当受骗矣！

求全不如半字好，欲知美学三昧，再看以下三点——

某些官员收入，小民只知一半，工资表上有数可查。无数的存款，不尽的财源，从何处滚滚涌来？闲人休得打听，一打听便是照搬美国民主，全盘西化！西化者究竟是谁？官倒爷衣食住行大半玩的高档西货！唯有头脑保持旧中国特色，继承晚清官场腐败传统。不要紧，腐败只是“现象”，本质还是好的。道理古为今用，消费洋为中用，半盘西化，美味适度。

某些选举，新闻照例报道一半。公布预定的选举结果，掩去精彩的选举程序。反对票多少？弃权票多少？上定候选人多少？下提另选人多少？……外面选民百姓勿须苛求加强透明度，透明过度就没味儿了！

“文革”内幕最多揭开一半，另一半，盖在水晶棺材满腹经纶之中。当年老人家发动红卫兵，派出工宣队，敦促千万“牛鬼蛇神”投降时惯用的“竹筒倒豆子”等等词汇，早已完成其历史任务，今日不宜收进词典。凡是打破砂锅问到底的人都是迂夫子，不懂捂盖子的艺术魅力——越是遮盖之处，越是耐人寻味……

君不闻成语“欲盖弥彰”乎？这一招的发明

权应归原始女人，是她们首先掩去全裸，创造了上古时代的“三点式”。在道学家看来，这是人类的性遮羞。在美学家看来，这是人类的性诱惑。是强调，是衬托，那三点不遮则已，一遮反而更加“三突出”！

曾以半部论语治天下，又从半封建、半殖民地社会走过来的龙的传人，对半字艺术如此恋恋不舍。可惜中华民族古往今来的种种改革老是半途而废；其原因，至少有一半是毁于这个遮遮掩掩，真真假假的半字精灵啊！

**附记：**

此文起草于前年半醉之后，投稿于半暖半寒之春。自我删去一半，好心的编辑朋友用稿时无奈再删一半。所剩无几，面目大非。今朝旧题新作，和盘托出。宁可退回全尸，也不苟活半条命也！

1988年12月立此存照

# 振兴川剧意识流

川菜川剧历来齐名，今朝何不振兴川菜，偏要振兴川剧？

“文革”洗劫了国人的脑筋，没法改造百姓的胃口。饮食男女，食欲的座次排在性欲前头。川菜美哉！饕餮客源源不断，古今中外一律说它好吃，用不着谁去振兴。再兴不得了，菜肴价格如斯飞涨，还是有人一面叹气，一面解囊。

川剧危矣！八十年代的清官或贪官，守法户或违法户，精神文明者或精神污染者……很不统一的双方对于川剧则统一冷淡——少来或不来买票看戏。吾道冷而不孤，全国还有若干更为寂寞的弟兄剧种形影相吊。老外的舞台也不景气，电视发高烧，戏剧入冷宫，乃是世界性的最新行情。川剧没在火星上开锣，只得与环球共此凉热。眼看宝贵遗产衰败于廿世纪末叶，怎么办？是任其自生自灭，还是设法去振一振呢？不振太心疼，一振又头痛。远不及成立“振兴川菜领导小组”轻松而实惠。要生气，来振戏；要生大气，来振川剧……

蜀中上下有志之士居然不怕生大气，烧起天下第一冷灶，率先在全国剧坛打出“振兴”旗号。大约是受了武侯词内诸葛丞相、廖化先锋的影响，甘愿受任于败军之际，奉命于危难之间，以攻为守，知其不可为而为之……一振将近六个春秋，确实振出一串成果，同时振出一堆牢骚！

四川人诙谐，只在“振兴”之后加一“儿”韵，念起来就成了“振朽儿川剧”！

言者无罪，闻者足戒，请从消极的牢骚话里取其积极的忧患感。下面既有整朽之怨，上面应该搔首问个为什么。是否当初扯旗放炮过于轰烈？没料到上面的上面要搞“双轨制”——剧团纷纷作鸟兽散！振兴川剧的小道理被振兴中华的大道理管着，理不理解都得执行，于执行和挨骂中加深理解。先前大家以为振兴川剧是把队伍振大，期望过高；如今班子振小，自然大失所望。要振到什么地步才算兴而不朽？定性不清，标准不同，各有各的意识流——

一种流向是闪回到七十年代，当日之域中，样板戏之天下。向样板团学习，大乐队，钢饭碗，十年磨一戏，戏随高音喇叭响彻每个角落，百姓不可一日无此君。人人皆知《红灯记》，家家能唱《沙家浜》。平原一望，哪里有人民哪里就有“赵勇刚”……

另一种流向是闪回到五十年代，正值川剧黄金时期。天府工农兵学商，熟悉生旦净末丑。一隅小城可容两个剧团，一座大厂常有几批玩友。不爱高腔枉称四川老乡，不懂川剧便是不懂文明。更蒙紫光阁宠幸，常来常往，易如三六九赶场。最神气是国务院总理帮咱们改台词；总司令、外交部长、参谋总长、元帅大将围着家乡宝贝灌输营养品。“红鸾袄、梭梭岗”的重要性和必要性，似乎接近氢弹原子弹……

再一种流向是闪回到三十年代，悦来大茶园与又新大戏院分占成渝，老死不相往来之时。闭关称雄，何须走穴？酒好不怕巷子深，来宾只愁挤不进堂厢，上楼厢站着听一夜也要过过戏瘾。康圣人如何？天先生怎样？川剧大王张二爷一腔定太平。唐三千，宋八百，数不完的三列国。偶有“下江”班子入川混饭吃，给它两瓢羹吧。强龙难斗地头蛇，一个老鸹守个滩，巴蜀梨园码头，谁敢与川剧龙头舵爷分庭抗礼……

总之，今日若不振到以上三种流向之一种水平，则为不兴不旺，则为整垮整朽儿！

同志哥，别作梦，鼎盛春秋飞旋去，挽啊，挽不回黄金时节！

我有意识流，少闪回，向前看——当今观众，尤其青年观众是有史以来最难伺候的“上帝”。这一代小小老人家，与文艺的关系已经结束了“一夫一妻制”。喜新厌旧，朝秦暮楚，一会儿嫌环肥，一会儿嫌燕瘦，一手推开虞美人，一手伸向洋婆子。真若直达爱丽舍宫，追求高级粉黛，云游艺术世界，丰富审美情趣，我看是好事。未老莫还乡，还乡须断肠。说不定哪天叶落归根，游子思家，绿窗人似花，还是白娘子、尤二姐、四姑娘、芙蓉花仙温柔。娘们别干等，打扮一番流行色，画眉深浅入时无？适应是为了征服，再降个调，适应是为了生存，在适应上帝的同时，引导上帝来适应我们。只要能在三千佳丽、十二金钗之中保存一席菊部蜀葩，分享几夜风流，便是复兴开始了。

从这个标准检验：成都、新都，雾都、盐都……都有可喜收获；甜城、果城，雨城、月城……小城不乏小春。几回荧屏竞技，几度京华夺魁，几朵梅花，几枚金牌，至少剧本文学是全国剧坛公认的排头兵，能说咱们川剧“朽”成白卷先生了吗？

意识流飞越——正当振兴有望，不料经济危机引起文化危机。上面节约财资，精简剧团，下面爆发超前享乐低级文化思潮！

此潮早已席卷西方，强国富邦养得起纨绔子

弟，无损大局。一穷二白大家庭怎么供得起上亿的少爷小姐？奇怪，几年前玩兴尚被志气抵消，为何这阵子志气将被玩兴淹没？或许小青年、大学生曾以满腔童心关注国家大事，碰一鼻子灰，塞一嘴马粪，经不起风吹雨打。无沧桑中年之坚韧，有陌上柔桑之脆弱。国事管他娘，打打麻将。对什么都得加上“玩”，玩哲学、玩宗教、玩大佛脐眼、玩观音酥胸。十步岂无芳草？青春辈中确有才华出众，品学兼优，他日腾蛟起凤之高明后生。但亦有高到玄之又玄者，看文艺以看不懂的为佳品，凡能看懂的不屑一看。哥姐佯狂，传染弟妹，小不点儿几分无瑕、几分无知、几分无聊，痛心是几分无耻！不爱风流高格调，专拣装潢五光十色，内囊一包稻草的低档文化。百货飞涨，唯有文化素质大跌价，欣赏水平大滑坡。跳舞扭摆学床上动作，唱歌腔调仿性交呻吟。歌星扭下台来摸一摸观众是演出必由之路，观众拥上台去啃一啃歌星是文艺最佳境界。世上戏比台上戏丰富多彩，官爷“倒”得快，儿女“垮”得快，倒垮竞赛，你腐败我比你更腐败！吃喝嫖赌加武打，没钱学拉兹，去偷去抢去杀人去放火！大不了进去唱囚歌，混得出来是个迟志强，混不出来，哥们含笑上刑场，拜拜，二十年后又来玩……

哎哟，上帝！川剧无论怎样适应，怎样改革，也赶不上这个趟啊！当代优秀文学，海外高雅艺术，通通暂时靠边站。川戏班子算老几？门庭若不冷落，那才怪哩！

有志振兴者碰上这么个气候真够呛。莫怪我的意识流跑远了，就戏论戏说不深透，功夫在戏外。登高宏观，振兴川剧附属在振兴中华的大背景下，没法子超越社会的经济文化困境而独自拔地飞升。戏剧何时走出低谷？当问中华何时攀登高峰？……

1989 年 2 月

# 帅才不及帝王术

——简论韩信

《淮阴侯韩信》摄制组：

遵约，呈上电视连续剧《淮阴侯韩信》主题歌词。

你们来信中对韩信悲剧的评价基本符合史实。未央宫冤狱，与风波亭冤狱不尽相同。韩信之死因，与岳飞、袁崇焕类型有所区别。韩信是天才的军事家，但不是成熟的政治家，更不是伟人典范。韩信好名，登台接受刘邦拜帅，近似杨秀清接受洪秀全参拜。未央宫诛韩信虽是冤案，但也不乏韩信自身的致命弱点。后人同情他，却并不十分敬仰他。人们惋惜的是韩信的佼佼帅才和赫赫战功竟落得个“兔死狗烹，鸟尽弓藏”的下场。以历史唯物主义观点看：韩信与刘邦、吕后的矛盾，反映了中国封建王朝更替之间，开国帝王与开国元勋始而互相依存，继而互相戒备，终于无情屠杀功臣的普遍规律！

历代咏叹韩信的诗词歌赋多矣。如今为电视连续剧《淮阴侯韩信》作主题歌词，难在突破古人诗词境界，开拓崭新意蕴。

我试图以子之矛，攻子之盾。用韩信著名战术“十面埋伏”为歌词主语，反溯这一战术发明人自身的命运。韩信每打一次胜仗，即为自己的下场预设了一次埋伏。拜将台埋伏着断头台，封侯路埋伏着葬身路。“十面埋伏”扩大成百面埋伏；而埋伏何止在战场？埋伏贯串于旧中国封建王朝二十四史！

如此命意，是否比古诗咏叹更为宏观？

另嘱：拙词敝帚自珍，电视剧用则勿改，改则勿用！

1991年春初巴蜀复笔

**附录：**

## 十面埋伏

——电视连续剧《淮阴侯韩信》主题歌词

亮煌煌几页史书，
乱纷纷万马逐鹿。
雄赳赳一代名将，
野茫茫十面埋伏。
山埋伏，水埋伏；

将军战术传千古。
云埋伏，雾埋伏；
功臣末路断头颅！
疑兵疑阵在何处——
战场埋伏、
官场埋伏、
朝廷埋伏、
宫廷埋伏……
啊！
帅才不及帝王术！
兵书不如圣诏书！
空留下《十面埋伏》古琴谱；
让后人评述，功过何如???

1991年3月

# 对联与谶语

云对雨，雪对风，晚照对晴空；来鸿对去燕，宿鸟对鸣虫……

海市虚，蜃楼空，盲人对瞎龙；预言对谶语，哀笛对警钟……

对联艺术是中国的国粹。对仗工整，声韵协调，短小精悍，上口易记。不仅历代文人多有名联传世，并且偶句技巧也渗透影响了民歌童谣。别轻视“雕虫小技”，往往是民谣成谶语，一对足千秋。例如明朝嘉靖末年京师童谣“家家户户，干干净净”，就是老百姓巧用叠声偶句讽刺嘉靖皇帝害得千家万户一贫如洗；从而预告朱明王朝气数已尽，皇子皇孙难免煤山吊绳下场。又如国民党腐败政府垮台之前流传甚广的“自古未闻粪有税，而今只剩屁无捐”，更是一幅对偶最妙，平仄亦佳的谐联。短短十四字预奏亡国之音——那社会已经腐败到拉屎要交税，放屁怕抽捐的地步，当然离改朝换代为期不远了！

话说窃国大盗袁世凯五十生辰，正值戊戌政

变之后——戊申年八月。拍马文人呈献寿联，祝袁世凯与老佛爷慈禧万寿无疆：

戊戌八月，戊申八月；

我佛万年，我公万年。

两个月后，慈禧一命呜呼。有人将上述寿联改写几字：

戊戌八月，戊申十月；

我佛今年，我公明年。

这副妙联成了谶语。诅咒袁世凯快死，果然死得很快。袁大头出殡之时，有人撰写了一副奇特的挽联：

袁世凯千古；

中华民国万岁！

乍一看莫名其妙，对联起码必须造句成对。“千古”能对“万岁”，但“袁世凯”怎么对得起“中华民国”呢?

待到仔细品味，无不恍然大悟——袁世凯本来就对不起中华民国嘛!

三十河东，四十河西。历史车轮进入五十年代末期，不幸走上一条弯路。很不适合中国国情的人民公社体制在神州大地上强行推广。湖南平江一位伤残老红军给下乡调查的彭德怀元帅寄去一首当地民歌：“谷撒地，禾叶枯，青壮炼铁去，收禾童与姑。来年日子怎么过？请为人民鼓与呼！”其实，这首现代民歌是从古代童谣演化而成。《后汉书》载，桓帝之初，天下童谣曰：

小麦青青大麦枯，

谁当获者妇与姑……

请为诸君鼓咙胡。

史注：“鼓咙胡者，不敢公言，私咽语也。”

刚直的共产党人彭德怀没有窃窃私议，而是光明磊落上书中央，为民请命。不料触犯天威，惨遭贬黜。说真话者亡，说假话者昌，拍马吹牛之风越演越烈。贫困的公社，饥饿的农村，被莺歌燕舞，粉饰升平的宣传导向所掩盖。到处可见“共产主义是天堂，人民公社架桥梁”，“公社是棵长青藤，社员都是向阳花”之类的偶句标语。其中一联，字句不协而语意甚豪，常常大写于破庙两侧、牌坊左右、大队仓库墙上、小队食堂门前：

人民公社万岁；

一天等于二十年；

当时鄙人对此只有印象，未及深思。直到二十年后，改革开放的洪流淘汰了人民公社，承包制呱呱坠地，好政策欣欣向荣，新农民纷纷致富……

这时我才恍然大悟，那副不协调的对联乃是两句预告短命的谶语——上句“人民公社万岁”的计时方式，是以下句“一天等于二十年”为基数！

算一算吧；一天等于二十年，十天等于二百年，百天等于两千年，五百天等于一万年。“人民公社万岁”等于多少天？能活多久呢？果然短命，人民公社于二十年后寿终正寝。

凡是妄想“万岁”者，都联上了“一天等于二十年”这一条短命的谶语！

1994年10月

# 华灯咏

灯城自贡，有写灯父子。宋良曦、宋岸雷推出学术专著《中国灯文化》，请吾作序。适逢灯城筹建彩灯博物馆，也请吾撰写碑文。惭愧，就灯论灯，非吾所长，怎及专家，焉敢撰碑。姑且试作骈文，观灯咏史，引鉴兴亡，其另类意义或许在灯之上。

有日必有夜，有获遂有灯。东方燧人，钻木取火；西方神话，向天盗火。火种演变花灯，花灯照耀生灵。与日月夕夕交辉，灯也；与世人夜夜共度，灯也。古人点灯，今人开灯。唐宋元明清，亚非欧美澳。何人不识灯？何国不用灯？有灯必有灯文化，而灯文化最发达处，莫过于泱泱中华。

春节龙灯，元宵花灯，洞房喜灯，书斋寒灯，边塞哨灯，闺房孤灯，江枫渔灯，古寺青灯。凿壁偷光，勤奋成材；剔灯救蛾，慈悲为本。秉烛待旦，忠义写照；蜡炬成灰，爱情象征。燃犀烛怪，揭露阴暗；薪尽火传，延续光明。历代灯韵古色古香，现代灯具多姿多彩。商店霓虹灯，医疗无影灯，矿山安全灯，国防探照灯，影视水银灯，舞厅琉球灯，照相镁光灯，交通红绿灯。从铁路号志灯，联想舞台《红灯记》；从川江航标灯，通感陪都提灯会。民族救亡标志，抗战精神堡垒。滔滔灯海，煌煌过魂！

“天不生仲尼，万古如长夜。”吾国以灯喻圣人，圣人以灯自喻，断言若无救世主燃灯指路，芸芸众生至今仍在黑暗中匍匐摸索。言过则谬，物极必反。上下五千年，灯火两重性。灯前正大光明，灯后讳莫如深。烛影斧声，云翻雨覆。帝王术，愚民策，赚了无限江山，骗了无涯过客。大红灯笼高高挂，金屋藏娇，妻妾成群。正月十五雪打灯，孟姜寻夫，哭断长城。只许州官放火，不许百姓点灯。苦难庶民悬釜断炊，腐败官场张灯摆宴，可恨尔吃尔喝，尽是民脂民膏。越是疮痍遍地，重重疾苦；越是年年焰火，岁岁笙歌。炫耀与天同庆，标榜与民同乐。御用灯会，官办灯节。掩盖矛盾之工具，粉饰升平之油彩。顺民烧香顶灯，膜拜清官。奈何清官补天无效，朝廷回春乏术，难免末代危机三层规律：民生凋敝，民怨沸腾，民变蜂起。大泽乡狐鸣篝火，揭竿之灯也！阿房宫冲霄烈火，复仇之灯也！皇觉寺沙弥香火，韬晦之灯也！金田村天兄圣火，出征之灯也！白莲教托莲聚义，朱红灯举灯为号。少女红灯照，壮妇蓝灯照，老媪黑灯照，孤孀青灯照。灯光惊世，灯火燎原。败则为寇，喋血沙场，断头刑场；胜则为王，席卷衙门，直捣宫门。皇帝痛失家国，皇室恸哭祖庙。哗啦啦龙椅将倾，昏惨惨宫灯将尽，终于油干芯熄，烛灭烟消。然而，皇帝轮流作，明年到我家。宫灯灭而复燃，龙椅废而复用，义军变为官军，草王变为帝王，乱世英雄变脸，治世英主登极。下一场好戏，必是火焚功臣楼，大兴文字狱。往后趋势，必有公子衙内横行霸道，贪官污吏巧取豪夺。从专制到腐败，从鼎盛到衰亡……如此周而复始，改朝换代，构成几千年二十四史——好大好长一盏走马灯！

上述循环怪圈，并非鄙人定性，实出于延安灯塔，窑洞灯光，伟大领袖偕民族人士挑灯论史之最高指示也！

当时宣言民主建国，科学兴邦，自诩能够摆脱王朝周率，走出历史怪圈。果然灯花报喜，礼花报捷，天安门城楼升起一排巨大红灯，巨人灯下挥手，主持开国大典。此后二十七年，如何高歌猛进？如何阳谋折腾？如何制造假想之敌？如何发动箕豆之煎？多少并肩站立城楼赏灯之战友，纷纷打入秦城狱灯之下！七斗八斗，百劫千灾。天安门红灯一览尽知，将巨大功勋摄入眼底，也将沉痛教训记进瞳人。劫后红灯，欣逢改革，再次伴随二代三代领袖，于城楼检阅新长征队伍。华表挺立站岗，华灯闪光致敬。岁月不停步，白发不饶人。功臣告老，将军卸甲，红灯亦到高龄矣！光荣退下天安门城楼，复以苍劲之躯发挥余热。投身民间商海，涉足拍卖市场。为公家财政添砖献瓦，被寻常百姓抢购珍藏。红灯奇特经历，反映观念巨变。王谢堂前燕，金水桥上灯。虽有沧桑黍离之悲，更多是新陈代谢之喜。

华夏一部灯史，吾国大半缩影。

今夜满天星斗，此时万家灯火。忽觉银河恍若延河，似觉华灯返照油灯。是谁仍在窑洞前畅谈：中国前途光明，定能超越二十四史走马灯悲剧。大哉斯言！至今听来仍如金石。但此宏图，知易行难，始易终难。在野时之许诺，执政后之举措？此一时也，彼一时也。可叹当年言行不一，希冀当今知行同步。遥望天安城楼，嘱咐崭新华灯：闪耀民主之焰，科学之彩，法治之芒，宪政之辉。但愿真有如此光明尾巴，未来中国灯文化新史，庶几再补不重复走马灯怪圈哉！

一九九六年元宵前后改于全国政协会上

# 寻找关汉卿　呼唤成兆才

——记两首没有上市流行的歌词

## 一

我曾经向几位荣获戏剧“梅花奖”的青年试问点滴文艺知识，回答使我颇感悲哀。几朵“梅花”都只知关之琳，不知关汉卿；只知成方圆，不知成兆才。

此文开篇，先得向一些年轻朋友作一番 ABC 似的介绍。

关汉卿：元代杂剧作家，中国古代戏曲创作最杰出的代表人物。大都（今北京市）人。早年曾作太医，一生未当官员。寄身梨园，浪迹青楼，嘻笑怒骂皆成戏文。写作《窦娥冤》、《救风尘》、《智斩鲁斋郎》等六十余种剧本。揭露封建社会黑暗腐败，矛头直指皇亲国戚、贪官污吏、衙内公子、地痞流氓。敢为受害平民百姓鸣冤雪恨，尤其是同情民间妇女的苦难遭遇，歌颂她们的斗争精神。早被元代野史《录鬼簿》列为“梨园领袖，杂剧班头”。1958年又被世界和平理事会定为“世界文化名人”。

九十年代初，天津电视台筹拍电视系列片《寻找关汉卿》，特邀我撰写主题歌词。那时我手头正忙，推托不谙影视高深，岂敢班门弄斧。

自谦婉辞之后不久，我为电视连续剧《淮阴侯韩信》所作主题歌词《十面埋伏》播出，反应极为强烈。引得天津电视台导演俞炜再下决心，不惜多次函电敦请曰：“《寻找关汉卿》主题歌词非君莫属。”

盛情难却，使我想起田汉先生力作话剧《关汉卿》里一个动人的“约稿”情节。女伶朱帘秀鼓励关汉卿大胆写作杂剧《窦娥冤》，甘愿与剧作家风雨同舟：“你敢写，我就敢演！”关汉卿回答红粉知己：“你敢演，我就敢写！”

催我动笔的俞导演，却是一位早生华发的老大哥。我拨通长途电话，慎重告诉他：“古称《史记》是无韵之《离骚》，我争取把歌词写成有韵之杂文。很可能是‘麻辣烫’啊！你会不会是叶公好龙呢？”

俞炜慷慨陈词：“你敢写，我就敢用！”

我拍案应诺：“好，你敢用，我就敢写！”

于是，我挥笔蘸满激情，苦吟出歌词《寻找关汉卿》——

忧患出杰作
愤怒出诗人
世上波澜涌笔底
民间疾苦入戏文
一曲窦娥冤
千古关汉卿
升官图上无踪影
录鬼簿里占头名
问少年朋友追星族
可知这中华英才
梨园巨星
江山换年代
美丑贯古今
贪官污吏没绝种
土豪地痞又横行
再斩鲁斋郎
重演救风尘
阳光之下有阴影
浮世更需秉笔人
向众里寻他千百度
何处有前辈灵魂
当代汉卿

## 二

无独有偶，去岁正当纪念成兆才诞辰一百二十周年。某地方电视台为此筹拍电视连续剧，也邀我撰写主题歌词。

成兆才：近代杰出的戏曲作家，评剧的主要奠基人。原籍直隶滦州（今河北滦南县）。出身贫苦农家，曾为地主佣工。初以“东来顺”的艺名搭班，走乡串镇演唱“彩扮莲花落”；后带班子进城，逐渐创始评剧。创作改编剧本一百余种，培养大批优秀演员。其代表作《杨三姐告状》、《花为媒》等，反映人民心声，抨击邪恶权势，具有激进的民主思想和浓郁的乡土特色，被誉为“民间戏圣”。

成兆才与关汉卿类型相似，题材略同。以我一支秃笔，刚作歌词吟罢“杂剧班头”，再用歌词形式重唱“民间戏圣”，这就犯难了。弄得好是姊妹篇，弄不好是一道汤。接不接这个活儿呢？我把犹豫心情摊给约稿人。

他是我神交已久，却未谋面的剧界同仁。他受电视导演委托，约我加盟写词，遥隔千里打电话，特快专递寄剧本……迫切之意与天津俞炜导演催稿相仿。也是从《十面埋伏》谈起，也是以

“非君莫属”定局。

又一次盛情难却。我只好潜心钻研剧本，领会“戏圣”精神。十集电视剧内容丰富，线索纵横。我理顺思路，调准视角，发觉贯串全剧的主线和主脑是民间戏圣与其代表作《杨三姐告状》的成因。成兆才逆境创业，苦海弄潮，岂止一颗敬业心，更有满腔正义感。他长期积累素材，一朝瓜熟蒂落，敢于将生活中轰动社会的命案新闻搬上评剧舞台，加以艺术再创造，为屈死亡魂喊冤，替告状民女壮胆。因此触犯盘根错节的邪恶势力网，迫使黑暗的统治当局下令禁演《杨三姐告状》。屡演屡禁，屡禁屡演。成兆才为《杨三姐告状》及整个评剧艺术牺牲了家庭幸福，付出了血泪代价，终使好戏流传至今，依然震撼人心。

我如闻其声，如见其人。我呼唤成兆才，成兆才呼唤我，回音交响，灵感奔腾，快笔挥洒，细心锤炼，拨通长途电话，向约稿人口述歌词《民间戏圣》——

莲花落，戏摇篮
根子深深扎民间
真话来自老百姓
戏圣出在草台班

老百姓，草台班

好人一生不平安
看戏娱乐唱戏苦
禁戏横蛮写戏难

唱戏苦，写戏难
知难而上又开篇
倾诉民间血和泪
揭露官场骗与瞒
哪怕是砸了笔砚
　摔了琴弦
　割了喉管
　断了舌尖
禁不了好戏流传
防民之口如防川
禁不了好戏流传
余音绕梁到今天

## 三

两首歌词分别交卷，两地编导都表示满意。这里不去赘述验收歌词时那些赞语和诺言，总之君子协定，我没设防。

殊不料从此杳如黄鹤，信誓旦旦变为后果茫茫……

最近获悉：电视系列剧《寻找关汉卿》经费告急，筹款无效，早已停拍散伙。皮之不存，毛将焉附？我那歌词，当然伴随剧组搁浅了。

经济制约文艺，巧媳妇难为无米之炊。俞炜老大哥有苦衷，我可以宽容，并替他痛惜前功尽弃。

“关汉卿”夭折，“成兆才”怎么了？那部电视连续剧现已播映。但特约拙作的歌词早在开拍之前就被剧组一笔勾销了。不给作词者商量一下，至今也没打任何招呼，作风真够霸道矣！那么，换了一首什么高明的主题歌词配给民间戏圣呢？且看荧屏片头推出导演自作通用于一切言情套子的歌词。

你允许不允许，我这样倾心爱着你。
你允许不允许，我用一生来伴着你。
你给了我一个梦，一个亘古不变的话题。
你给了我一个梦，牵着我走回青春的故里。
千百度风霜雨雪，挡不住我一步步走近你。
千万里险滩浊浪，捧给你一个挚爱的奇迹。
谱写一首生命长歌，掬一颗心告诉你。
日里梦里想你念你，你允许不允许。

敬请略有文化的观众将两首歌词对照比较，客观评说哪一种笔墨才是体现了民间戏圣成兆才的主题特征。

可悲的是，如今以成兆才为题者，未必真正理解民间戏圣的精髓？更难在作者自身敢于继承发扬关汉卿、成兆才不畏权势的铮铮风骨！文坛艺苑面临世纪交替，虽然喜看升平歌舞，亦应有任重道远之严峻忧患。既需要“小妹妹坐船头”式的晓风残月，更需要“前辈灵魂，当代汉卿”式的大江东去。可叹黄钟毁弃，瓦釜雷鸣之倾向遍及文化领域，岂止两首电视歌词乎?!

1996年2月

# 威海忧思

——《鼠年笔记》之二

威海卫，刘公岛，中日甲午战争风云惨烈之地，腐败导致战败的国耻见证处！今天我随全国五一劳动奖章获得者参观团到此凭吊，归来盘旋，一枕忧思。

前年，我仔细读过威海籍老同志丛笑难所著二十万言史论《甲午战争百年祭》。丛笑难是军内历史学家，曾主编《中国革命史》，著有《世界革命史》。现住河北，是陆军参谋学院离休军官。古稀之年仍不辍史学研究。力作《甲午战争百年祭》发行之前，他先将全书清样寄来，希望我把甲午史实搬上电视屏幕或戏剧舞台，启迪今人牢记历史教训。丛笑难给我写信，痛切陈词，说他重返故乡威海，见老家已成旅游热点。但许多游客同胞对甲午战争一无所知，连威海青年也对本地历史所知极少。中国人的健忘症在威海有典型表现！我原以为这是丛笑难促我写戏而夸大之词，今天我身临其境才知其言属实。

劳模一行三十余人，打早从烟台乘大客车出

发，上高速公路直奔威海。车内导游向乘客介绍沿途景观和威海风情，多是插科打诨，浅薄笑话，语不涉甲午痛史。劳模们对此既不了解，也不打听。我试问导游，他亦不甚明白。车到威海，市中心广场树立邓世昌雕像。我问身边企业家，可知邓世昌详情？企业家愕然！我借用电影《甲午风云》提醒，企业家若有所悟："啊，这是邓大人！"身后工人应声："啊，是邓小平！"在工人心目中，"邓大人"即邓小平也。另两位青年劳模望望塑像，摇头否认道："变样了，这人不像李默然。"李默然演过"邓大人"，电影明星比民族英雄名扬四海。旅游团到海边待渡，我有意向维持治安和贩卖海鲜的本地人搭讪，分别探问他们知不知道在威海殉国的先烈丁汝昌、刘步蟾？本地人似闻天外来客，十有九人不知。我好不容易从一老者口中得到一点回应，但回应出来的却是一条颠倒良莠的讹传。老者操着山东土话，咒骂刘步蟾是"整邓大人的大坏蛋"！这谬误乃《甲午风云》传播。那部电影好是好，可不知编导凭什么偏要歪曲先烈刘步蟾？硬把他编造为邓世昌的对立面，一脸凶相，一肚坏水，贪生怕死，乱传军令，改变作战队形，造成水师惨败。影片这么一演，民间这么一传，冤枉三十年了，刘步蟾背上黑锅，落个骂名，泉下英灵怎会瞑目？大海作证，青史记载：刘步蟾忠心耿耿，正气堂堂，是邓世昌、丁汝昌的患难战友。邓世昌牺牲于黄海，刘步蟾、丁汝昌牺牲于刘公岛畔，这两位与威海关系最为直接。他们用生命捍卫威海，用鲜血染成威海的知名度。天涯海角这座小城小岛仰仗先烈遗迹吸引中外瞩目，上升为历史名胜和开发地区。威海人今朝富裕，半靠自立新功，半吃先烈老本。但饮水者是否都会思源？邓世昌幸有电影传媒，今人略知其事。丁汝昌捐躯威海，却鲜为本地人知！刘步蟾献身威海，反被本地人骂！未庄愚民用烈士热血蘸馒头吃的悲剧似乎没有演完？鲁迅早就揭示的那种国民劣根性好像还在发展？

旅游团排班站队，买票上船，过渡漂洋，参观对岸刘公岛。船是一艘旧军舰，不大，很挤，运载满员，来往穿梭。大约半小时一班，每天客流量几万。票价甚昂，收入不菲，这码头油水可大了。与各地旅游暴发业不同者，刘公岛轮渡是军办，营业员是水兵。经济大潮席卷八荒，部队也讲创收，海军也办公司。靠山吃山，靠海吃海，符合市场经济规律。三大纪律，八项注意也有一项“买卖公平”。部队做做生意买卖，老百姓可以理解。不过，站在摆渡口，我倒有一个想法：刘公岛上中日甲午战争纪念馆，铭载了中国海军摇篮里的苦难，逆境中的拼搏。现场实物，遗迹逼真，是向军民进行爱国主义教育的庄严课堂。免费引渡人民大众到此上课，正是人民海军应尽的义务。远在北洋水师的时代，一些古老码头就有“义渡”传统。今日又何尝不可以免收老百姓的过渡钱呢？当年三大纪律头条“不拿群众一针一线”，得民心而得天下。目前一条小艇所盈之利对庞大的北海舰队岂非九牛一毛？义务摆渡只须顺水推舟，而所得之民心非钱财可换也！

劳模们随游客人流下船上岛，参观前清海军公所、提督署、水师学堂、丁汝昌寓所、旗顶山炮台、黄岛炮台及龙王庙等遗址。我发觉：一批华侨游客比较留意民族大义纪念文物，争相寻根问底，手抄联语碑文。国内游客则相反，对有关国家兴亡之遗迹遗事遗物不感兴趣，冷淡一掠而过。大家的满腔热情多付与岛上地摊商品，争相围观选购假首饰、伪珍珠、廉价海鲜、韩国批发过来的领带、纱巾……讨价还价，锱铢必较。

我停留在丁汝昌自杀的签押房外，这儿无人问津，显得空荡寂寞。我独自向丁汝昌蜡像深深鞠躬，默默致哀。回廊一转，拾级而上，高处伏有一尊残破大炮，是北洋水师威远舰遗物。1895年2月6日凌晨，威远舰在刘公岛外海战中被日寇鱼雷击沉。近年打捞上岸，展出残炮。一群华侨正在抚炮留念，一个一个拍照，一个一个交钱。照相机与胶卷都是游客自备，营业员守着一棵摇钱树，坐收现成小费。炮筒子鞠躬尽瘁，死而不已！百年前冲锋陷阵，满身创伤，剩下残骸遗肢，至今还在替人招财赚钱。我手抚大炮，思绪飞回时光隧道，如闻炮声隆隆，海啸滔滔。忽又传来丝竹声声，京戏悠悠。壮烈战场拼生死，腐败宫廷犹歌舞……

反思中日甲午战争，历史结果证明：维新改革之国获胜，封建腐败之国惨败！当时日本业已推翻封建幕府，明治维新成功，走上资本主义道路，扩展军国主义势力，朝气蒸蒸日上，野心勃勃侵外。中国却是满清王朝统治，封建制度根深蒂固。专制与腐败交织，腐败与愚昧相连，三者互为因果，专制登峰，愚昧造极，腐败透顶！中国近代史上，个别政治精英林则徐、谭嗣同；个别文化精英龚自珍、魏源；个别军事精英邓世昌、左宝贵……皆势孤力单，独立寒秋，挽不了狂澜既倒，也免不了自身悲剧命运。绝大多数中国人在长期思想禁锢与血腥镇压之下养成中华特有的国民性：苟安、健忘、说谎、吹牛、拍马、红眼病、窝里斗、帝王崇拜、僵尸迷恋、麻将狂热、精神胜利法、以无知为光荣、把肉麻当有趣。散则一盘散沙，聚则一口酱缸！最致命的弱点是麻木不仁，深受专制之害却又俯首帖耳接受专制！暗骂官场腐败却又与腐败同流合污！如此国民素质，经鲁迅观察揭示，哀其不幸，怒其不争。如此国民素质，对比大和民族猛虎精神，再插上资本主义腾飞翅膀，如虎添翼，日本安得不胜？以慈禧为领导，以阿Q为基础的封建中国，仓促对日应战，岂不是驱猪豕抵挡虎狼，安得不败？

可惜丛笑难所著《甲午战争百年祭》没有触及当时中日双方国民素质的对比。邓世昌在中国是个别现象，阿Q是普遍现象！而日本相反，麻木不仁者是个别；武士道精神从上到下，普及大和民族，扩成全国性的自觉行动。日本人这种精神力量，用于侵略别国，就转化为滔天罪恶；用于建设本国，那真是世界楷模！

丛笑难著作某些视角也很有见地。着重分析日本如何抓住历史机遇发奋图强，中国如何放弃历史机遇固步自封。日本是在推翻封建统治之后，自上而下实行全国性的资本主义改革。中国只是在洋务派控制的局部地区自下而上搞一点改良。以“中学为体，西学为用”的改良主义药方去补救病入膏肓的晚清政府。企图在已经腐朽的封建制度躯干上去嫁接资本主义富强之花，只会变出畸形，结出怪胎。《甲午战争百年祭》还列举丰富的史料，比较两国双方最高统治集团的不同行为。不比不清楚，一比更证实日本廉政，中国腐败。譬如日本筹备海军建设经费，由明治天皇亲自带头献金，每年从宫廷拨出三十万日元，文武官员每人献出年俸若干，掀起全民献金造舰热潮。中国是怎样干的呢？慈禧独裁，李鸿章迎合，停止购买新式战舰，挪用海军建设费一千四百万两白银用于营造北京西郊颐和园，供皇家奢侈享乐。天天过节，大唱京戏，歌功颂德，粉饰升平。从笑难建议我写戏，剧名就叫《慈禧庆寿》。以颐和园几次祝寿为主线，概括幕后甲午战争。这个视角区别于电影《甲午风云》，也与电视连续剧《北洋水师》不一般。今后我不写则已，若写，当采用讽刺剧，引进杂文味，满台荒诞事，一把辛酸泪。重点是笑骂腐败与哀叹国民性。官场腐败的根子在宫廷腐败，经济腐败的根子在政治腐败，持久腐败的根子在掩盖腐败。腐败导致战败，战败留下国耻。更可怕是国民性普遍而顽固，不知耻，不认耻，不记耻！戏的结尾是一对谐联：战场上“三军败绩，割地求和”；颐和园“万寿无疆，普天同庆”。闭幕了，又拉开，演员谢幕，但都忘了刚才演的什么戏？你是谁？我是谁？何为甲午战争？全部记不得了！只对慈禧太后还有印象，老人家名垂千古，君不见银幕荧屏争先恐后连篇累牍美化老佛爷么？演员们谢幕没完就在台上卸装，都忙着下去打麻将。忽然钟声长鸣，天幕映出一行大字——日本人参拜靖国神社！

离开刘公岛，我还在构思颐和园与靖国神社。一到威海，眼前出现立体的、活生生的殿宇式建筑物——威海市委市府机关大厦：我用“惊骇”一词表示我的感受！三十几位劳模也看傻了眼！

威海原本是县，1988年改县级市，城市人口仅三十余万。就这么个小地方，托甲午国耻之福，乘改革开放之机，在战败的废墟上建成巍峨官邸！听导游介绍：国务院某位副总理到此一览“公仆大厦”，立即反感，提出尖锐批评。

我也算是走南闯北，到过国内许多省级政府机关。通通靠边站吧。比起这座县级市府建筑何其小哉。量一量“公仆大厦”广场的面积，数一数“公仆大厦”门前百余级台阶，点一点台阶两翼林立站岗的华灯，恍若面临紫禁城内九龙丹墀。我们还远远没有升堂入室，立即遥感上面是座好大的衙门。今天我才领悟了“高屋建瓴”、“高亭大榭”、“居高临下”一类成语的分量。文字难描图像实体，只好譬喻形容：天安门广场第二，小布达拉宫、海边太和殿……我曾经周游台湾、香港，逛街时远望过那里的官邸，不明其内装详状。从外观的雄伟规模估量：小威海“公仆大厦”的排场，趋近李登辉的总统府和彭定康的港督府！

咱们中国真是富起来了，沿海城镇真是富比港台了。这百级豪门显示了什么？是改革开放的成果？还是官本位的威仪？假如以同样面积，同样派头，同样造型，同样造价，盖的是劳动人民文化宫、甲午战争纪念馆；或美术馆、博物馆、影剧院、青少年宫、艺术中心；乃至大商场、大宾馆，都可以视为开放城市造福于人民大众的标志。惟独盖成了公仆上班场所，那就未免太摆阔气，太抖威风，太为公仆们自己造福了吧？单说那百余级台阶，就使老百姓感到高高在上，侯门深似海，望而生畏。公仆们上下班可坐小车绕路青云直上，飞流直下。主人翁老百姓若求公仆办事，那百级天梯就够你匍匐爬行。

古代为官者，敛财不外露。若外露到了大兴土木，造衙夸豪，大抵已是宦囊饱满，肥得流油矣！这儿是窗口，泄露天机。望窗口，测内幕，观威海，推四海。怎不促进我辈文人浮想联翩：改革开放让一部分人先富起来，而先富起来的究竟是哪一部分人？

乘改革开放之机，是“大款”与“公款”发财之共性；威海还有一层个性，托甲午国耻之福。这里比附近城市的客流更兴旺，旅游更发达，财源更茂盛，不就是由于此乃著名国耻之地么？抗战胜利时代，接收大员大发国难财。今天这里的官场应该力戒奢侈；否则，又叫不叫在发国耻财呢?

劳模们纷纷取出相机，拍下威海豪华官邸外貌。我打算以笔记代文稿，配上照片拿回去传阅，以视觉形象印证国务院领导人对此建筑物的批评切中时弊。

大厦照片怎么标题呢？我试拟了几个，请劳模们筛选。有的赞成题《小威海大衙门》；有的赞成题《高高在上的官本位》；我推敲片刻，长叹一挥——《国耻名胜的“公仆”大厦》！

1996 年 5 月

# 蓬莱乌托邦

——《鼠年笔记》之三

旅程安排今天游蓬莱，昨夜一宵梦见仙境。早晨八点半，一辆豪华客车满载我们四川劳模三十余人，离开烟台，开往蓬莱。

车窗前方冉冉日出，旅游兴致飘飘欲仙。蓬莱：自秦始皇之后，几千年来口传书载，是仙山的同义语，乐园的代名词。蓬莱：在历代诗文中出现的频率之高，可登上中华风景词语的冠亚榜。佳句太多。信手拈来："诗被催成句未裁，寻春问腊到蓬莱"；"蓬山此去无多路，青鸟殷勤为探看"；"刘郎已恨蓬山远，更隔蓬山一万重"；"昭阳殿里恩爱绝，蓬莱宫中日月长"……我一路吟哦，一路想象，蓬莱该有多美？当不下于九寨风光。曾记那年刚进九寨沟，立即觉得脱离红尘，羽化登仙，身轻若燕，人的灵魂净化了。那如梦如幻的多彩湖泊，那如谜如谶的多层瀑布，那神奇氛围，那童话世界，笔墨难描难画，语言难记难述。我只得望景惊叹，人自然的鬼斧神工创造出多少奇山异水？九寨沟还只是今人开发，名不见经传，如同山妞村姑刚刚选美露脸；蓬莱岛则早已是历史名胜，号称人间仙境，应如嫦娥，如洛神，如瑶姬，比村姑多几份仙气。

期望值太高容易失望，对比度太强分出虚实。九寨沟名不虚传，蓬莱岛名不符实。

今日实地考察半天，印象一般化。登丹崖山，观御碑亭，过隐仙洞，挤吕祖殿，钻上清宫，爬普照楼……游客摩肩接踵，但景点并无特色。一般的山林，一般的庙宇，一般的泥塑，一般的戏楼，最一般是楹联题咏。入口牌坊横额四字“人间蓬莱”，两旁悬挂署名刘海粟所撰并书写的黑底金字对联：“神奇壮观蓬莱阁，气势雄峻丹崖山”。行家一看，便知不是偶句。声韵失格，遣词落套，意境平庸。海粟大师应景之作也不至于这般浅薄，分明是伪托大师之名。长年累月高悬示众，居然无人质疑揭赝！吕祖殿内更是粗俗，屋子闷塞，人满为患。八仙彩塑，十足匠气。吕纯阳的酒桌上摆着易拉罐饮料，酒桌前垂挂长方形黄绫，类似江湖郎中卖膏药的锦标。黄绫正中绣字敬神，落款为财团法人台中圣寿宫，且绣有电话号码一串，很像一张放大的商人名片。韩湘子和曹国舅的酒盘下压着“大团结”钞票，铁拐李的讨饭碗内讨来几张人民币。何仙姑左手把杯紧贴胸前，而酒杯与乳房之间竟夹着一张外汇券！

蓝采和醉卧地下，身后竖立红色广告牌。游客与八仙合影一次，付钱若干，明码实价，现金交易。八仙脚下乱撒硬币小钞，狼藉不堪。营业员快速收钱，连声吆喝，对游客如防小偷，惟恐有人拍照不给钱，占了八仙的便宜。

这蓬莱哪有纯洁仙气？多是铜臭俗气！

僻静处，有戚继光纪念堂尚可驻脚。蓬莱县是明朝抗倭名将戚继光的家乡。戚继光少小离家，远戍边疆，在浙江、福建一带招募新军，修筑海防。戚家军的战备工事现称为“水上长城”。但据我所知，那是远在闽浙海岸。戚家军是否在蓬莱岛上筑城打仗？有待史家证实。目前这里仿造蜿蜒水城，与神仙道观交混，似乎嫁接错位了？

而真正具有历史价值却被国人冷落的是附近田横山。

游客多不知田横，导游说不清田横。我向同路的劳模朋友讲述我的独立思考：田横，战国孟尝君田文后裔。秦朝末年，没落为平民。响应陈胜吴广起义抗秦，与刘邦项羽逐鹿中原。开始同盟，逐渐分化，胜者为王，败者为寇。汉高祖统一天下，田横不愿臣服，率残部五百人渡海流亡到此荒岛。但普天之下莫非王土，率土之滨莫非王臣。汉高祖多次派遣使节到荒岛招安。田横若向朝廷称臣，即可晋京封侯加官，否则朝廷出兵渡海围剿孤岛，斩尽杀绝，鸡犬不留。田横为保存五百火种，被迫离岛赴京，中途自刎，死不称臣。岛上五百壮士闻讯，集体自杀，反抗到底。从此这座海岛姓田不姓汉，田横山成为气节象征。司马迁在《史记》里感慨为何没有丹青妙手将田横悲壮形象绘入画图？

是啊！南熏殿里陈列历代帝王像，凌烟阁上绘满开国功臣图。司马迁枉自叹息，无人应和。汉唐以后善画历史人物的顾恺之、吴道子、李公麟、阎立本等都没有遵照太史公的嘱咐描画田横！这是为什么？明末善画历史人物的陈老莲敢于绘制水浒一百单八将，却不敢把画笔移向田横山五百壮士！这又是为什么？我以为：兹因梁山好汉虽反叛但终于接受招安，而田横精神始终违背历代统治者的根本利益。若张扬田横精神，对开国帝王奠定基业不利，对治国帝王稳定大局更不利。岂不闻最高指示“百代皆行秦政事”么？形形色色的帝王术，都步秦始皇后尘，朕即国家，国家即朕。以统一国家之名，行一统家国之实。田横仅五百人一孤岛，宁死不与统治者统一起来，实乃统治者之大忌也。满清入关，统一中国，只缺一隅死角。郑成功孤军退守台湾，长期与清朝隔海对峙。郑成功之成功处，正是田横精神复活，五百壮士魂兮归来。稗官野史透露一种循环迹象，历代帝王在野之时不妨推崇田横，一当执政，立即避讳田横，于钦定宣教中淡化这段史实。各朝画家深知帝国一统之大道理，也知《史记》一呼之小道理。小道理当然被大道理管着，谁也不敢用画笔去实践司马迁的遗嘱。这就是两千年中国画史不绘田横的深层原因。

历史年轮进入二十世纪三十年代，终于有一位杰出的画家回应太史公遥远的呼唤。徐悲鸿挥动如椽大笔，精心创作巨幅油画《田横五百士》。悲鸿把自己的五官相貌，“移植”到画中五百士之一人脸上。此时，正值国民党初建蒋家王朝，以统一中国之名，行一统党国之实。《田横五百士》适时而出。其社会意义和艺术价值受到来自红色根据地的高度赞扬。这幅珍品被公认为悲鸿代表作之一。皖南事变后，田横精神一度成为重庆《新华日报》和延安《解放日报》的热门话题。

此一时也，彼一时也。一到五十年代，在野变为执政。老舍话剧《方珍珠》里鼓书艺人套用老词歌唱新事：

真龙天子出延安，解放北京坐金銮！

艺人的颂词俚俗，不及“虎踞龙盘今胜昔，天翻地覆慨而慷”那么气派。江山换主，一统乾坤了。四十年代在野时提倡的“田横精神”，已对五十年代的执政者不利矣！拜拜，田横。从此以后，谁还见过取材于此的文艺作品？以戏剧影视为例，各种帝王的文治武功反复搬演，搜罗欲尽，却至今无人把田横五百士的故事推上舞台银幕荧屏。用编剧专业的眼光看，这是戏剧可塑性很强的题材。五百士是共性，但又各具个性。阳刚、内秀、勇猛、机智、严肃、诙谐，五光十色，千姿百态。间杂鸡鸣狗盗之辈，鼓瑟燃炊之女。平常内部矛盾，感情纠葛，多角恋爱，派别斗殴；节骨眼上敌忾同仇，风雨同舟，威武不能屈，富贵不能淫，士为知己者死，女为悦己者容，集体自杀，无一偷生。怎么个死法？有的投海，有的服毒，有的上吊，有的切腹，有的死前一刻消除旧日芥蒂，拥抱同归于尽，尸骸合为一体，雷打火烧不分……壮哉，田横五百士！史籍材料虽不详细，想象发挥余地则很广阔，正是编剧入戏的好苗子。为什么没人去动这个题材？别去犯讳了，大家意会了。田横山活该湮没无闻，此地罕为人知，远不如伪造的粗俗景点招揽顾主。

这里的拍照摊贩靠伪造术赚钱。先准备了特技摄成的空中楼阁底片，再用特技把空中楼阁与游客合成一张照片，看上去俨然是人在罗刹海市。

到此我才更加明白，蓬莱岛之所以有仙境之称，是因为这里地形特殊，历史上曾多次出现海市蜃楼。海边光线经疏密浓淡的大气层，发生折射和全反射，将远处的宫殿、城堞、楼台、人群、车马、景物显示于云水之间，蔚为天堂奇观。最早发现者和鼓吹者是先秦方士徐福。他迎合秦始皇万寿无疆的“理想”，上书报告海上有蓬莱、瀛州、方壶三座仙山。自告奋勇，率五千童男童女乘船上天堂去给万岁爷求不死之药。徐福一行是从哪里出海？是否就从我脚下的蓬莱岛口东渡日本？我手边没有确凿资料，回家后再查对核实。徐福一去不返，空留仙境传闻，什么八仙从这里飘洋过海呀，什么贵妃从这里起死回生呀，都说海上有仙山，山在虚无飘渺间。空中楼阁百年难逢，平时不见面，偶尔露峥嵘。最近一次是八十年代初期，天堂幻觉持续半个小时。烟消云散尽，何日君再来？人们代代翘首企盼什么？不就是乌托邦么？

我猛然想起蓬莱籍作家杨朔在大跃进高潮中发表的一篇散文，篇名叫啥？我忘了，只依稀记得内容要点。杨朔生在蓬莱，却从未见过海市现形。三面红旗飘扬之时，作家重返故乡，居然梦想成真，原来蓬莱仙境已经下凡落实为人民公社！集体食堂吃饭不要钱，大放卫星霞光冲上天。到处莺歌燕舞，全民皆是诗人。“共产主义是天堂，人民公社架桥梁”。“说得到，做得到，右派分子想反也反不了”……

今天触景生情，很想重读杨朔这篇浪漫主义美文，印证我的记忆准确否？下午别了蓬莱，车返烟台，在市中心停留两个小时。劳模们去商场购物，我独自逛书店。逛了几家，都没找到杨朔的散文集子。近几年散文随笔热，各种散文选本畅销。这里书店也陈列现代百家的散文合集。我翻阅目录，就是不见杨朔的名字。他那篇灾难年间粉饰升平的代表作呢？也跟随短命而该死的人民公社一起消逝了么？我在书店寻寻觅觅，欣然发现一篇古人传世之作——《蜃说》。

此文极短，不到四百字，内容有关蓬莱蜃楼。收在江苏文艺出版社1987年出版的《古文鉴赏辞典》之内。我站着一翻便被吸引，为欣赏短文而购买厚书。

夜写笔记，咀嚼《蜃说》。作者林景熙，宋末元初人，曾在海滨目睹蜃楼，自述与沈括《梦溪笔谈》所记登州海市相仿，古称登州。即是蓬莱。林景熙以精炼传神之笔突出蜃楼的变幻和泯灭。询问空中楼阁何在？而大海依然咆哮。短文结尾一笔升华，冷眼旁观改朝换代。列举秦始皇的阿房宫，楚灵王的章华台，陈后主的临春阁，魏武帝的铜雀台，都不过是一座又一座蜃楼罢了！

那么，莫斯科郊外，斯大林的神秘别墅呢？罗马尼亚首都，齐奥塞斯库的豪华官邸呢？……

早在三十年代，法国文豪罗曼·罗兰访问苏联，他依稀看出斯大林政权给人民许诺的乐园如同虚幻的蜃楼；而实行的却是血腥专制，纵容的乃是官僚腐败。罗曼·罗兰把亲身感受暗暗写进日记。可惜，鲁迅当时无缘亲赴苏俄实地考察，只凭间接材料和自己的理想而将苏俄美化。如果鲁迅也有罗曼·罗兰之旅，能够亲赴苏俄调查研究，尝尝“梨子滋味”；以鲁迅犀利的眼光，必会洞穿蜃楼假象，预测蜃楼泯灭！

当我童年时期，中国狂热学习苏联老大哥。流行口号“苏联的今天，就是我们的明天”！“走俄国人的路，这就是结论”！当时我们只知苏共“是在地上建造天堂”，没有料到苏共“是在地狱假造天堂”！曾几何时，苏联蜃楼一旦解体，东欧多米诺骨牌溃如山倒。可叹，人们对乌托邦的迷信到觉醒，付出的代价是大半个世纪，漫长的一生；但在宇宙历史长河里，这一类蜃楼现象只是瞬间而已！

今夜，海山大酒店已入梦乡，蓬莱乌托邦如在眼前。遥想罗曼·罗兰暗写日记的意义，理解他当年秘而不宣的苦衷。所幸者，我今处在觉醒时代，秉笔直书的笔记体杂文，可以及时公开发表了！

1996 年 5 月

# 工人群众等于几

——《鼠年笔记》之四

拂晓离烟台，正午游崂山，午后三点到青岛。随劳模旅游团住进三九大酒店，准备明天飞回成都。

半天走马观花，匆匆掠过崂山。这里地处青岛市郊东北角，因《聊斋》名篇《崂山道士》增加了旅游知名度。山上道观阁内设有蒲松龄著作陈列馆，四壁悬满《聊斋》人物故事画。阁外摊点密集，叫卖海鲜，兜卖饮料。崂山盛产矿泉水，名牌青岛啤酒的原料可能是在此取之不竭。但今天引起我兴趣的不是矿泉，而是矿工——与我同游崂山的四川劳模。

这中年汉子面黄肌瘦，平头短发，穿了一身崭新刺眼的天蓝色西装，状若农民“陈奂生进城”。劳模队伍本来已够朴素，他在当中最为土气，甚至显得有些卑躬。上午坐车寂寞，导游鼓动劳模们唱歌表演，每人来一段，黄腔走调，逢场作戏。就这个瘦矿工没节目，傻乎乎旁听鼓掌。几天来，他对沿途宾馆、机场、阔人别墅等等投以惊奇目光，却不善用语言表达。上车下车，他手脚勤快，主动帮人拎行李，露出体力劳动者本色。逛街购物，他光问不买，老是空手而归，节约得近于悭吝。听说他旅游还有隐忧，担心这次短期疗养的一路开支回矿山报销不了。

今天我有意与他结伴，边游崂山边采访。薄暮黄昏，冲凉洗头，趁思路清晰，印象新鲜，赶着把零碎材料整理进笔记。

瘦矿工是川东山区人，农民出身，拖家养口，进入当地煤矿井下做工十四年。山区偏僻，交通不畅。这次他从煤矿出发到成都集中，长途客车整整颠簸了十四个小时。那远方煤矿早已老化，技术条件落后，经济效益低下。全矿一千余名职工，三百五十人在井下作业。每天值三班，每班三小时。他一人每日平均出煤八吨，每月二百四十吨。是用手工操作，竹筐撮箕，一筐一筐撮起来，端出去。他每年约出二千八百吨煤。十四年埋头弯腰，双手撮煤出窑达到四万吨以上。那么，他的收人多少呢？现在每月工资加奖金不过五百元，前十年比这个数目还要少一半以上。据实折半计算，十四年来他每月收人约二百五十元，每年三千元，半辈子挣了四万元挂零。还必须天天上班，风雨无阻，不耍星期天，不请病事假，才能挣到这笔钱养家糊口。可这十四年来，他一双手撮起来，端出去的煤炭共计四万吨啊！也就是说，这个矿工每采煤一吨的劳动报酬只是人民币一元钱！

我没学通政治经济学，不知马克思的剩余价值学说该怎么衡量这笔矿工账？

比起大款大腕日进万斛，一挥千金；比起许多官员工资表内和工资表外的经济收入，这个矿工的劳动报酬是不是偏低了一点呢？

当然，正由于他十四年如一日埋头苦干，任劳任怨，不计报酬，在工人群众中起了模范带头作用，才被批准获得五一劳动奖章，才有了这次短期休假，几日旅游。第一次走出盆地四川，第一次坐上飞机，第一次住进星级宾馆。矿工自己估计，这种规格的待遇，他下半辈子再难享受第二次了。（回头看看一般官员开会出差，天上飞一圈，宾馆住两天，不足为奇，例行公事而已。）矿工这回飞是飞了，住是住了，玩是玩了，可旅费是临行前向矿山借支的。能不能实报实销？会不会抵冲他应得的奖金？根据工会文件精神，有关单位参照执行，可以一次性发给五一劳动奖章获得者一千元，并支付劳模短期休假费用三千元。但是，劳模所在单位执不执行？打不打折扣？就由不得劳模自己，要由领导决定了。

我们自贡市某大厂一车间生产甲班在班长商

德林的带领下连年高产，荣获全国五一劳动奖状。商德林是全市双增双节能手，又是机械工业部劳模。这次他代表班组工人参加颁奖大会，与我一路同赴成都，同住工会招待所一个房间。老商领了奖状，第二天就回自贡上班，没有参加劳模休假团到沿海考察。对外说，是车间生产需要，班长不能久离岗位。其实，是厂领导不愿为班组劳模代表支付休假旅游费。老商不是号称节约能手吗？那就再为厂里节约一笔钱吧。工人阶级最听话，服从领导安排，安安心心劳动，确保安定团结。一年累到头的工人老商只好克制旅游渴望，遵命放弃了劳模本该享受的休假权益。

由此，我注意到了两种领奖人之反差；如不深入实际，决不可能发现领奖人反差之微妙。全国五一劳动奖章奖状分三种类型，一是授予个人，二是授予班组，三是授予企业。代表班组来领奖的人，与代表企业来领奖的人，两者气派悬殊，对比鲜明。代表班组领奖的都是工人，独自走来报到，决没有该单位的领导陪同。孤身住进工会招待所，出街办事，走出巷口去挤公共汽车。代表企业领奖的都是领导：厂长、党委书记、董事长、总经理。有的携带豪华小车，一阵风来，一阵风去，住在外面宾馆。有的率领一帮随员：秘书、司机、公关人员、宣传干事、厂工会干部、厂报记者、摄影师、录像师，前呼后拥，高视阔步。在成都颁奖那天，几家电视台的摄像机、几家大报刊的照相机，都各具“慧眼”，或见权眼开，或见钱眼开！镜头瞄准台上发奖的四大班子首长，谁的官大先拍谁。对台下领奖的班组工人却不屑一顾，远景镜头扫过全场，停留在财大气粗的企业公司领导脸上。礼堂中心过道处，一个座位空着，那是拍照摄像的最佳位置。为谁而设？虚席待谁？大会开幕一刻之后，某位名牌厂家大老板姗姗来迟，于最佳位置就座。期待已久的各种摄像机、照相机一哄而上张开“慧眼”，仰拍俯摄。最特殊的一招，是单独拍摄大老板桌前平放的奖状奖章，不厌其烦地从各个角度光顾大老板一家之奖。前后左右班组工人劳模的桌前也同样平放着奖章奖状，却没有镜头来瞄上一眼。为什么对阔老板情有独钟呢？显然是先有联络。果不出我所料，当天晚上电视新闻插播广告，某名牌厂家产品香飘万里，陶醉千家，荣获全国五一劳动奖状。一连串商业广告，即是大会现场所拍的奖状特写。

颁奖会上同样叫作劳模，一旦回到各自的地区单位，胖老总与瘦矿工的贫富尊卑差距岂可同日而语？

明天就要结束旅游返回成都。成都市水碾河

十字路口有一座广场雕塑，八十年代中期落成。塑的是工人光辉形象，姿态如同运动健儿表演体操，脚踏巨大圆圈，昂首向阳，振臂欲飞，那巨大的圆圈构成图案美，可以促人博喻花环、车轮、月亮、太阳、地球，甚至使我想到了极左时期的豪言壮语“工人阶级一声吼，地球也要抖三抖”！但这座雕塑落成后的反映，恐怕完全出乎雕塑家的构想。谐谑的成都市民竟将大圆圈比喻为“工人阶级等于零”！

此谐语在蓉城家喻户晓，街谈巷议。外地人到水碾河一带问路，居民妇孺都会把“工人阶级等于零”挂在嘴边作为指路标志。

我对这偏激之词不敢苟同，更不愿借此反讽“今不如昔”。回溯 1957 年“阳谋”时期，开初号召知识分子，大鸣大放，忽又“变脸”，抛出社论《工人说话了》！利用工人阶级名义，讨伐知识界“右派分子”。当时知识分子何等卑微？工人阶级何等威风啊？再想十年“文革”，工人阶级领导一切，工人成分高人一等，工宣队占领上层建筑，工老大改造臭老九……那种时代的确已经一去不返。无可留恋，应该庆幸。说穿了，文化大革命高呼以工人阶级为领导只是幌子，实则是高层领导把工人阶级当作权力斗争的筹码。当时工人阶级等于什么？我看等于政治工具罢了！

再看那年头工人的经济收人。吃大锅饭，端铁饭碗，碗里没啥油水，能吃个半饱就不错。还是以瘦矿工那座穷煤矿为例，七十年代井下采煤每月工资不过三十几元，每一吨的劳动报酬少得可怜，只有一毛钱！

当年之中国，各行各业普遍低收人。工人老大哥吃商品粮，比农民二哥的饭碗更硬。工人与企业领导人的工资相差不大，工人与其他各种人的收人相差也小。反正大家都不富裕，也就彼此心安理得。

改革开放大潮推动中国经济飞速发展，人民生活水平普遍提高，其中包括工人也随之增加收入。仍然例举矿工吧：纵比七十年代，现在工资已加到十倍以上，略高于社会物价的增长指数。从解决温饱的角度看，哪里是今不如昔？分明是今胜昔矣。但横比不得，横比农村，工人收入的增长幅度赶不上改革初期的农民发家致富。横比各行各业、各级官员、各种大款，工人收入的名次排在最后，落在底层。中国人自古以来就是“不患贫，患不均”。兼之如今官场腐败，权钱交易，假话通行，道德沦丧。一般工人“自愧不如”，牢骚太盛，遂有“等于零”之过头话。

我这一介书生，与工人老大哥的因缘正如一句四川谚语：“发达不相见，背时大团圆。”在

“工人阶级说话了”的时候，我是被工人讨伐的右派小鬼；在“工人阶级领导一切”的时候，我是被工宣队专政的臭老九；在“工人阶级等于零”的时候，我却“混”入工人老大哥队伍，与其共冷暖，为其鸣不平。《四川工人日报》因此大作正面文章，题为《魏明伦从老九升为老大》。

面对现实，“工人阶级”的内涵和外延都已发生巨变。“阶级”一词不流行了，改称什么族什么族：打工族、上班族、下岗族、退休族、工薪族……各族之间，一族之内，贫富不均，悬殊较大。同是打工族，要看你在哪里打工？是沿海，还是内陆？同是上班族，要看你在哪里上班？是合资企业，还是国营企业？同是工薪族，是看你在哪里领工薪？是银行、财政、税务、工商、邮电一类肥缺，还是亏损厂矿，清水单位？同是“工人阶级”，有的每月收入高达几千元，有的几个月只领基本生活费。我且戏说一段：假如仿照成分划富农、上中农、中中农、下中农、贫雇农那种尺度来测量今日之“工人阶级”，则可评定出富职工、上中职工、中中职工、下中职工、贫穷职工等等。客观事实明摆着：大款大腕与寻常百姓，老总老板与普通工人，公仆与主人翁，穷庙与富方丈……各个领域人与人的关系，正在“保持高度一致”的口号声里两极分化！

崂山半日游，矿工一夕谈，记罢倚案独立思考。“工人阶级领导一切”与“工人阶级等于零”都是极端之词，两不符合实际。时代变了，今日的崭新话题应是“工人群众等于几”？

1996年5月

**附记：**

当我整理润色这篇笔记之时，成都水碾河十字路口那座“工人阶级等于零”早已在几年前拆掉了。但四川人调侃的天性拆不掉，老百姓又给另外一处广场雕塑取外号。那雕塑，四根柱子托起了一个巨大的圆球。现代化造型，抽象派艺术。什么寓意？让人瞎猜去。无名的才子给这个雕塑去了一个绝妙的名字——“四大班子顶个球”！北方人听来或许不懂其中奥妙。四川方言，“球”是胯下之物，即北方人说的“鸟”。川语“顶个球”，如同北方人说“顶个屁用”。在贫富两极越来越分化的今天，正由于“四大班子顶个球”，所以，出现了难以回答的问题——“工人群众等于几”?!

2005年11月于成都

# 生不入志　活不入祠

——《鼠年笔记》之五

上午天气晴和，工会安排我们几十位五一劳动奖章获得者参观“世界乐园”。我没去，偷闲走访成都友人李致。下午小雨，入夜凉爽，客房清静，及时把上午访友引起的思考写进笔记。

吾友李致是巴金的侄儿，其父是巴金的长兄。据说，巴金笔下的高家长房长孙觉新，又叫明轩，生活原型就取于李致之父李尧枚。今天我在李致家里作客，聊天话题多涉巴老。李致出示一册他写的散文集子，其中好些文章是记述巴老在新时期的言谈行状。李致保存有巴金家族的影集和其他珍贵资料。我翻看了巴老早年与亲属的照片，还浏览了巴老近年给李致的信件片断。我从中获悉一桩感人事迹——巴老坚决辞谢设立“巴金文学奖”。

听李致介绍说，国内有关部门曾多次提议设立“巴金文学奖”，建立“巴金文学基金会”。也有海外华人社团自愿出资设立“巴金文学奖”，拟用于奖励在文学上有成就的华人。俱被巴老委婉而坚决地辞谢。老人曾经带头捐款，倡议建立“现代文学馆”，却不赞成以他个人的名义设奖，言行一致，以身作则。“巴金文学奖”之议由于巴老阻止，始终没有办成。

告别李致，漫步长街，我眼前浮现巴老的朴实形象。他这一举动，做出多方面的表率，起码符合中国人的优良传统：“生不入志，活不入祠”！

回到客房，倚枕深思，自然联想起我早就持有异议的一项以个人名义设置的全国性戏剧文学奖项。

此奖前身是“全国优秀剧本奖”，由中国戏剧家协会主办，剧协创作委员会及《剧本》月刊承办。两年一度评选全国涌现的优秀剧本。从八十年代初期开始，十二年办了六届。久经考验，成绩昭著，益多弊少，众望所归。办到1993年，忽然改名“曹禺戏剧文学奖”，简称“曹禺奖”。附加一条规定，不管先前众多获奖作者是否认同，“曹禺奖”组委会单方宣布：以往六届“全国优秀剧本奖”即是“曹禺奖”！

这项决策的本意良好，认定“曹禺奖”比“全国奖”更为高雅，特用追赠方式厚待前六届获奖作者。殊不料下面并非全作如是观，一部分前几届获奖作者对“全国”二字的分量更有感情。

同榜朋友窃窃私议道：我们获的奖原本姓“全”，现在突然改姓“曹”，从“国营”变为“私营”了！

我们很想问一问：“全国奖”改称“曹禺奖”算不算剧协工作重大的变动举措？主办单位中国剧协是否向中国剧协的常务理事们发过一纸半页象征性的通知？承办单位中国剧协创作委员会是否向创委会的委员们寄过几行几句传达性的公文？对此我有切身感受，从未收到过薄薄一张照会，遑论征求意见！

我有一家之言潜存心底，今天在笔记里吐之为快。设“曹禺奖”取代“全国优秀剧本奖”虽有一定好处，但长远看来是弊多利少。前六届“全国优秀剧本奖”，顾名思义，一目了然，范围、档次、品种、性质、活动与奖金资源，都是明明白白，持之有理，行之有效。一变为“曹禺戏剧文学奖”则通通模糊不清了。

曹禺先生无疑是戏剧文学大师，他在建国之前所著《雷雨》、《日出》、《北京人》、《原野》、《家》等经典剧作名驰世界，光耀史册。我自幼对他前期杰作敬读成诵，至今不忘，努力学习其早年创作方法。曹禺先生对晚辈拙作也曾一度扶持，乃至题有过誉之词赠我所在单位自贡市川剧团。偶被报刊引用，使我愧领沾光。然而，“吾爱吾师，吾尤爱真理”！不能因为敬佩大师前期巨著而缄口讳言如今设奖过分特殊。

乍听起来，“曹禺文学奖”与国外的“诺贝尔文学奖”，国内的“茅盾文学奖”、“庄重文文学奖”、“田汉戏剧文学奖”、“梅兰芳金奖”等等相仿，都是冠以个人名义的文学艺术奖。然而一一对比，却有径庭之分。

诺贝尔与茅盾，是献出自家遗产存款作为基金设奖；庄重文是慷慨投资赞助文学事业；理所应该冠上献金者、投资者个人名义。可“曹禺奖”却是公家出钱啊！

“田汉戏剧文学奖”是斯人早已盖棺定论，后人纪念逝者功绩，公家拨款设奖，属于正常通例。可“曹禺奖”却是大师健在啊！

“梅兰芳金奖”更是国粹泰斗作古已久，立碑合时则合理。更何况并未由于替“一梅”冠奖而兼并“群梅”，“梅兰芳金奖”没有取代“梅花奖”。可“曹禺奖”一设，“全国优秀剧本奖”从此改旗易帜了！

再有一层思考：田汉冤死，曹禺幸存。两位剧坛大师，剧作成就各有千秋。为何“曹禺奖”独占全国级，“田汉奖”偏居区域级？厚此薄彼，悬殊太大，难以服人。细作学术评价，曹禺前期剧作比田汉剧作精深；后期剧作《明朗的天》、《王昭君》，则不如田汉名著《关汉卿》、《谢瑶环》之铮铮风骨。田汉为人刚直，曹禺为人懦弱。田汉死得悲壮，曹禺晚景幸运。戏剧界众所周知，田汉更抗争，曹禺更顺从。戏言一句：这是不是多树曹禺少树田汉之原因呢?!

话说回来，愚意认为，无论是“曹禺奖”、“田汉奖”，或是今后可能以老舍、夏衍、甚至郭沫若之大名设立戏剧文学奖，都不及“全国优秀剧本奖”这个名称的包容量。用剧作家个人名义可以单独设奖，但都不宜取代“全国优秀剧本奖”。因为“全国”二字虚实结合，伸展自如。作家之名太具体，太实在，取代“全国”，评奖标准作茧自缚。社会主义文艺弘扬主旋律，提倡多样化。波浪式前进，张弛性发展。国家级戏剧评奖需要一个涵盖面特大，灵活性特强的名称。“全国”一词最适应，放之任何时候皆准。若嫌“全国优秀剧本奖”名称不简短不上口，也可配以华丽辞藻。仿效百花、金鸡、飞天、梅花、文华、华表之类，以虚代实为妥。若把全国级文艺奖名称固定在一人头上，就会受到很多局限；尤其是固定到一位活人头上，更会伴生始料不及的悖论。设立此奖似乎振振有词：文学界既有“茅盾奖”，戏剧界就搞“曹禺奖”。可人家茅公设奖一非公款，二非生前，三非取代。我们剧坛设奖恰恰与此三点相反。别忘了曹禺先生是现任中国剧协主席！让剧协主席动用剧协公款，而以自己个人名义设奖，符不符合剧协章程呢？更别忘了曹禺同志是健在的共产党人！拨用纳税人上交之公款，来为一位活着的共产党员冠名设奖，这又符不符合党章呢？我不知筹划者们是否熟悉祖国青史典籍成文："生不入志，活不入祠"！即无论人物多么杰出，在其生前不宜载入地方志书，活着之时不能供上祠堂神龛。此为中华民族道德规范之遗产精华，现代文明社会应予继承发扬。

今日得知巴老力阻海内外社团以他个人名义设奖，我夜不能寐，下笔涌泉。回顾曹老的处女作《雷雨》，正是由巴老推荐问世；而巴老的代表作《家》，又是由曹老改编成功。当初少年游，今朝白发交。老一辈大作家，经过"文革"浩劫之后，巴老醒悟最为彻底。可惜曹公相形见绌，仍以"听话"著称。按照常理推断，大师应该知道"生不入志，活不入祠"之优良规范。练到他老人家这个份上了，难道还在乎冠名设奖之类的虚荣吗？为什么乐于接受这项"任务"，而不像巴老那样断然谢绝呢？说到底，还是"听话"，指向哪里，奔向哪里。

走笔至此，猛然发觉我这样条分缕析地说理太迂了。当今之所以迫不及待用此名义取代全国优秀剧本奖，正是急于需要在剧作家里树立一位既有杰作，又最“听话”的榜样啊！

1996 年 5 月

**附记：**

当我整理润色这篇笔记时，有杰作又很“听话”的曹公已经逝世多年，有杰作但不太“听话”的巴老也于今年 10 月逝世。

据媒体报道，巴金女儿李小林守灵之际，遵照父亲遗言，再次谢绝有关部门提议设立“巴金文学奖”。这又是巴金不太“听话”的明证之一。我想，遗言应是 1996 年早已留下，并非弥留之时所说。其实，巴老大约远在 1998 年就已经“走”了！病魔不仅剥夺了他的行动能力，更剥夺了老人的思维能力与表述能力，剩下的只是躯壳而已。任随人们按照各自的需要去对巴金作出诠释，取舍，巴金的躯壳也无法向公众表述自己是否认同。我觉得，本来不太“听话”的巴金，这几年已被塑造成近似很“听话”的曹禺了。甚至，在定论式的总结“巴金同志生平”之长文中，竟只字不提他最重要的事迹——“文革”十年蒙难，劫后提倡讲真话！

巴老泉下有灵，作何感想？天知道！

2005 年 11 月于成都

# 饭店铭

——为巴国布衣题壁

巴国出诗酒，布衣傲王侯。当今花花世界，林立层层酒楼。赫赫称王朝，巍巍号帝都，攀龙附凤，夸富斗奢。此间独树一帜，自命巴国布衣。顾名思义，返璞归真，淡泊平民意识，坦荡大众襟怀。重续古代布衣菽粟之交，愿与现实普通百姓共尝酸甜苦辣也。

耐人寻味，诱人问津：牧童遥指何处？诗人夜泊谁家？几位狂客长安醉卧？哪路游侠易水悲歌？才女当垆，柜台坐落是南是北？文豪掌灶，东坡菜谱或假或真？问西山遗迹，雪芹赊酒于何处村肆？询浦江闹市，达夫赏饭于哪座餐厅？风雨飘摇日，咸亨店把盏论当世。草莽呼啸时，浔阳楼醉笔题反诗！岂不闻官逼民反，奔上梁山，必经之路亦是蓼儿洼外水亭酒家。再回想润之先生尚是布衣之时，酹酒黄鹤，潦倒野店，手中无权只有杯；杯中物可是四川烧酒？下酒菜可是湖南辣椒！

三里桃花店，五里杏花村，清真太牢馆，素食菩提居……皆弹丸之地，而容量似海，岂仅是充饥解馋饕餮场所。多少忧国忧民之心，至善至美之情，大彻大悟之思，往往流露于觥筹交错，酒酣耳热之间。堪称志士仁人凝聚处，传世文章催生床。

今夕何夕？举杯碰杯，民间谑语谈：革命就是请客吃饭，饭店与革命休戚相关。处世如同酿酒，灵活才好勾兑；开店经营烹饪，死板怎进油盐？巴国改革，布衣变通。不拒大款光临，更须公款吃喝。欢迎欢迎，热烈欢迎各级公仆到此与民同乐。旧时茶坊休谈国事，今宵饭店多说国情。维国情之特殊，国粹之宝贵，国学之深厚，国人之幸福，国菜之可口。满腹油水与满嘴道德并不矛盾，物质文明与精神文明照此调和。祝酒唱赞歌，接二连三，勿忘十亿老百姓；猜拳看主流，吆五喝六，突出“九个好指头”！微微挑剔，限于指摘壶中日月；淡谈诙谐，是非化入皮里阳秋。酒醉心明白，大事不胡涂。登山咏山，下海吟海，入官场则打官腔，开饭店则编饭局。三句话不离本行，四言诗尽说肴馔。乍听非常无稽，细思可能有理。诗云——

人类不灭，餐饭不休。川菜万岁，饭店千秋！诸事皆目，吃饭是纲，酒醉饭饱，纲举目张！

一九九六年八月醉笔

# 小鬼补白

拙作问答体杂文《小鬼自白》引起读者兴趣，来信继续出题求答，打破沙锅问到底。小鬼我却之不恭，遵嘱照题作文，再写“补白”。

**您的生日**

农历八月十四夜，差一点就是中秋佳节，但我出生之年正当日寇飞机轰炸川南，那个中秋没有明月，注定我忧患人生。

**您的履历**

我的履历表上只填了一行：1950 年（九岁）参加四川省自贡市川剧团，工作至今四十六年，始终未换供职单位！

**您的爱人？**

吾妻丁本秀，家庭主妇型，比我小九岁。她文化不高，相貌不错，脾气不小，心肠不坏。“文革”中与我先结婚，后恋爱，生育两个儿郎。小吵小闹过日子，相依为命二十五年矣。

**您的孩子？**

两个男孩先后诞生于“文革”灾难之时，取

名魏来、魏完，谐音未来、未完。寓意家事、国事、天下事未完未了。预测未来是否改朝换代？尚不知鹿死谁手也！

**您的住房？**

一家几口，三室一厅。在川南中等城市里，比寻常老百姓家宽绰，比不寻常的首长家狭陋。若与邻近银行一般官员的不一般住宅相比，我这个所谓“文化名人”之家只能如实自称寒舍、蓬门、蜗居了！

**您的交通工具？**

无官无权，公家怎会给作家配备交通工具？每见官员轿车招摇过市，无奈自我解脱曰：安步当车，潇洒走一回。

**您对金钱的认识？**

与电视剧《编辑部的故事》那句名言的语意相反：没有钱是万万不能的，但光有金钱也不是万能的！

**您的人生观？**

人生一世，草木一秋。贵在春华秋实，有所作为。

**您的价值观？**

人云亦云不值一文，独立思考无价之宝。

**您的座右铭？**

不以我自己为中心，也不以任何人为中心。

**您的处世原则？**

敢向庞然大物质疑，不与低劣小人计较。

**您的成功秘诀？**

有口诀，但无秘，早已公开，现补充一句——搞创作若想成功，别怕旁人说您是妖魔鬼怪！

**您最痛恨的一件事？**

从前痛恨专制，现在痛恨腐败；尤其痛恨在反腐败口号中腐败，在腐败中大讲国泰民安。

**您最呼吁的一件事？**

在全国政协会上发言，请杀腐败头子陈希同以谢国人！

**您最难忘的一件事？**

1957年反右运动！我十六岁就被这伟大的“阳谋”坑害，终生刻骨难忘。

**您最赞赏的一首诗？**

古代民谣：“时日曷丧，予及汝偕亡！”

**您最反感的一首诗？**

“劝君少骂秦始皇，焚坑事业要商量。”小鬼偏骂秦始皇，焚坑罪恶没商量！

**您最喜欢的一支歌？**

“从来就没有什么救世主，也不靠神仙和皇帝。”

**您最讨厌的一支歌？**

“抬头望见”什么什么星？“心中想念”什

么什么神？一听此歌便想起造神运动，使人毛骨悚然！

**您最响应的一件事？**

我最响应巴金老人的倡议：在中国首善之区建立“文革”博物馆。

**您最盼望的一件事？**

不是获奖，不是发财，是能亲眼看见“文革”博物馆实施建成。

**您正在做的一件事？**

以防止重演浩劫悲剧为己任。写作精炼杂文，无情揭露历代帝王术。为实施建成“文革”博物馆添砖添瓦。

**您爱人对您的评价？**

魏明伦这一辈子吃亏在爱说真话！

**您朋友对您的评价？**

爱说真话使魏明伦眼前吃亏，将来吃香！

**您对未来的想象？**

遥想未来之中国，不再片面强调“国情”。应当与国际通行列车接轨，以符合环球世界之“球情”也！

1996 年 10 月

# 会 堂 赋

有社会必有会议，有会议应有会堂。滔滔会海无涯，座座会堂无数。首都人民大会堂日丽中天，各地大小会议厅星罗棋布。高山有流云更雄，森林有鸣鸟更幽，丹青有题咏更美，会堂有碑记更佳。惜乎各地堂太多赋极少，尤以首善之区大雅之堂缺乏相应美文为憾事。安得椽笔作赋，继岳阳楼风骨，借阿房宫思辨，取滕王阁华采，兼醉翁亭谐趣。文章为楼阁增光，楼阁偕文章传世。

虎虎生气之年，纷纷议政之时，全国政协闭幕，人流涌出会堂。朝辞北京，夕返成都，夜宿绿岛，晨游龙泉。两处现代化会堂，时髦称谓“会务中心”。方室圆厅，鳞次栉比，空调冷暖，音控抑扬。环境幽静宜开会，心情舒畅好发言。厅内座位有序，堂外轿车成群。握手寒暄，交手争论，举手通过，拍手欢庆。红头文件出台，彩电新闻传播。到此联想天下会堂关系亿家忧乐，能不触景生情咏之叹之乎？

中华民间谚语：“国民党税多，共产党会

多。”金陵黑夜，苛税如猛虎；延河拂晓，盛会似春潮。自从南湖荡舟，水上开会以来，会场流动，会议频繁。古镇祠堂，荒村课堂，闹市茶堂，深巷弄堂，都曾充作会堂。当时在野，向往民主。会议少有独裁会，会堂多是群言堂。一路开会，一路报捷，沿途会议满载功绩，重要会址远播声名。大军开进北京城，大会开上天安门。在野升为执政，会址迁入红墙。堂是怀仁堂，阁是紫光阁。众人山呼万岁，恭听最高指示。群言堂渐渐变作一言堂矣！

茫茫北戴河，潺潺滴水洞，葱葱金牛坝，巍巍钓鱼台。会堂经历风雨，后人评说功罪。例举庐山会议，对比深圳座谈。两处会址皆因是重大决策场所而名传遐迩，但前者危害国家，后者振兴中华。庐山不幸罩迷雾，深圳有福迎彩霞。回顾长安街，反思大会堂。十年文革，在此宣告开战；廿年改革，也在此公布启航。文革重重浩劫，改革累累丰功，浓缩于主席台上座次更替，人事变迁之间。何物居高临下，目睹悲欢沉浮？天花板万盏明灯，俯瞰会堂，见证历史，闪烁如万民雪亮眼睛也！

会议纵有内外之别，会堂虽有大小之分，然而，皆须为社会造福，都应替人民说话。话从口出，言为心声。运用三寸不烂之舌头，表述七窍玲珑之心事。妙哉，唇舌！与各种会议各地会堂结下不解之缘。大会报告，小组讨论，对坐谈判，围桌论证，无一不摇唇鼓舌。世间可有全不开腔说话之会议欤？真话、实话、亮话、佳话；仗义执言，逆耳忠言，盛世危言，治国良言，多从唇舌流泻。套话、废话、大话、假话；整人谗言，拍马谀言，专制狂言，河汉斯言，也从唇舌吐露。故尔唇舌之善恶两重性，牵涉会议之是非多元化。开会诸君有舌，隔墙百姓有耳。听其言，观其行，广大群众岂无舌耶？堂内舌尖如何龙蛇绕，堂外舌端自有月旦评。凡以深圳座谈为范例之大小会议，必然口碑载道，唇舌流芳。反之，庐山悲剧，文革痛史，腐败黑幕，反贪过场；即使动用现代最新科技，也造不出钳口封舌之锁。古有常山、孝孺之舌，近有彭德怀、张志新之舌，将来还有多少饶舌之徒？喉舌可断，舆论不止。哲人辩证法曰：防民之口甚于防洪决堤，堵塞言路不如疏导论潮！

伟哉！改革开放洪波汹涌，世界潮流大势所趋。当代中国各地会堂，应是掀波弄潮之处。万顷碧波，千座绿岛；堂内会上议论纷纷，涛之声，海之歌也！

1998年春

# 华厦陵园诔

人类生死，草木枯荣。生裹襁褓，死入坟茔。生如童面鲜花，死如坟台落英。生死界限铁门槛，坟茔形状土馒头。铁门槛梵音哲理，土馒头殡葬陋规。阴风飒飒，坟山笼罩肃杀之气；磷火荧荧，墓堆讹传迷信之谣。土葬棺埋，代代因循；荒丘野冢，岁岁递增。死者乱占活人空间，黄土压抑绿原生机。损害环境，悖离科学。不合当今地球之球情，不及时代列车之车速。新世纪来临，老黄历抛开。殡葬改革适时而起，华夏陵园应运而生。

冠名华夏，立意悠长。借鉴欧美墓园管理经验，汲取神洲丧葬伦理精华。以孝道治天下，帝王愚民之术；以孝心敬父母，人性至善之情。送老归山，儿女天职；祭友悼亡，朋辈爱心。教师殉职，学生垂泪；烈士牺牲，群众招魂。灵魂应有安息之所，哀思需要寄托之处。选址三面环山，布局四灵傍水。化肃杀为肃穆，变幽冥为幽居，借风水成风景，将公墓作公园。旨在广为公众开放，并非仅供公仆专用。此处不按职权规格排座次，也不依姓氏笔划列名单。生前等级森严，到此差别缩短。黄泉路上无老少，死神面前求平等。

呜呼！苍天不许万寿无疆，世上岂有不死之药？秦始皇妄想长生，反而夭作短命之鬼！希特勒欲吞全球，结果死无葬身之地！曹操阿瞒，生也瞒，死也瞒，怕后人掘墓复仇，心虚胆怯设疑冢；慈禧太后生不慈，死不慈，被大盗炸坟剥尸，报应昭彰看东陵。墓地引人反思，死亡催人彻悟：争江山，夺政权，大到中原逐鹿，小到赌场斗鸡。七斗八斗，永不休战。抢官帽嗜权如命，搞运动整人致死，争财产弟兄反目，夺奖牌朋友成仇。名缰利锁，名利场拔河对垒；阴错阳差，阴阳界殊途同归。高烟囱里，人人过关，只有先后之分；矮坟墓内，个个成灰，无非远近之隔。陌路生人共卧陵园，结为永久伙伴；冤家对头相逢泉下，化作和睦邻居。回首灯火阑珊，人间尚有真情在；环顾松柏苍翠，冥友还是善良多。每当月白风清，诸位侃山聊海。笑语滔滔，生气勃勃，歌吟如晚会，浪漫如酒吧，恍若都市夜生活矣！

悠哉！逝者如斯，生者如何？光阴快如火箭，岁月穿如金梭。珍惜年华，闻鸡起舞；净化心灵，对酒当歌。趁少壮努力成材，到老年闲适开心。轰轰烈烈，于世有功最好；平平淡淡，于心无愧亦佳。人与人，生与死，生不虚度，死得其所。生命价值不限于享乐，死亡意义不导致悲观。三月清明，万家扫墓。正当人们云集陵园，手抚墓碑，焚化纸蝶，鸣放鞭炮之时，城中多少产房洞开？世上多少婴儿临盆？呱呱啼唤，声声宣告：新陈代谢，生死转化，正如夕阳西下，旭日东升也！

一九九八年岁末苦吟成骈

# 思辨的艺术

## 一

军人以服从为天职。上级指向哪里，下级奔向哪里，必须保持高度一致。

杂文家却最不宜搞“军事化”。杂文家的天职，正在于必须不盲从。

优秀的杂文家以思辩为己任。凡事问个为什么？请注意“凡事”——没有任何例外讳言之事。

杂文家应如科学家。科学家头脑里乃是“三无世界”：无禁区，无偶像，无顶峰。

而我习作杂文，还自求“三独精神”：独立思辨，独家发现，独特表述。

杂文的艺术形式至关重要。如果缺乏独特精彩的表述方法，纵然经过独立思辨而有了独家发现，也说不清，道不明，绘不出声，描不出色。如同茶壶里装汤圆——徒有精华美味在内，从壶嘴倒出来的只是白水。

## 二

人人必需用商品，文人必须有作品。

世人对商品的要求是“含金量”多少？

本人对作品的要求是“含真量”如何？

写戏文需要真情实感；无真，即无善无美。写杂文的要求就更严了，写杂文应该是说真话的同义语。那么，首先要弄清楚何为真话？何为假话？

妇姑勃谿，骂街操娘，互揭隐私于光天化日之下——这算是讲真话吗？

纪晓岚无聊，陪乾隆皇帝解闷，自我坦白昨夜与老妻“敦伦”一次。即做爱一回——这算是讲真话吗？

教师英年暴病，确诊癌症。医生嘱其亲友勿将真相告诉患者，而患者早已自知，反向亲友佯装轻松。彼此隐瞒，互相安慰。如果有人惟恐患者不死，恶意当面揭穿绝症——这算是讲真话吗？

小贩兜售盒饭，顾客掏钱购买；插问小贩，为何叫卖之声有气无力？小贩不瞒顾客，实说已饥饿三天。顾客再问为何不用所卖盒饭充饥？小贩四望无人，向顾客耳语：饭是馊的——这算是讲真话吗？

以上一地鸡毛蒜皮，不属于我所检验的真话

假话范畴。

所谓“含真量”如何，是指历史风云，社会波涛。近者，腐败黑幕，反贪过场，法治表演；远者，“反右”冤狱，“谎祸”闹剧，“文革”血泪……罢了！打住！“历史问题宜粗不宜细”，家丑不可内扬，后代不可深知，遵命转移方向吧。同胞们一致对外，谴责日本鬼子掩盖侵华历史。

## 三

说来令人难以置信，当代日本大多数青少年竟不知其上辈“皇军”还有一部侵略中国的血腥兽行史！更不知道那场罪恶战争的发动者和指挥者，正是他们至今仍在崇拜的神圣偶像——天皇万岁！(亦如我国的小朋友们不知“文革”是何物?罪魁是谁人？)

这得归“功”于日本政府战后五十几年从小学教科书到国家宣传导向都用“淡化”的手段隐瞒侵华真相。日本人真是向前看，决不纠缠历史旧账。在高速发展经济，振兴大和民族的同时，完整保持军国主义天皇万岁偶像。一旦时机成熟，太阳旗下的疯狂浩劫将会重演。

凡是对血浇泪铸的历史悲剧讳莫如深，那就意味着将来还有“好戏”看！

无论是隐瞒侵华战争，或是掩饰“文革”罪行，都是对人类说假话！都在预告死灰可能复燃！

罢了！打住！鄙人酒后失言，还是不说为好。

## 四

有时候，“不说为好”比“实话实说”更加耐人寻味。有一出古装戏曲，名叫《颠倒乾坤》。主角是一位敢于直谏的铁笔御史，欲向皇帝万岁实奏国家危机。御史夫人阻挡，预言老公此举必遭倒悬之灾。御史坚信万岁爷英明，必会听取真话。两口子抬扛，打赌：后果真如印证老婆预言，老公头脚倒置回家认输。

喜剧演下去，说真话的下场果然是砍脑袋。临刑之前，御史不忘打赌诺言，恳求万岁准许他头脚倒置，遥向贤妻认输。仁慈的万岁满足死囚愿望。死囚谢恩，头脚倒立，往外一看——万岁爷与刽子手问他倒着看见了什么？这时，观众料定这位坚持讲真话的铁笔御史必会最后点出剧名，说他看见的是“颠倒乾坤”！不料此公一反其常，摇头几下，苦笑几声：“哈哈，还是不说为好！”

那一出戏就这么结束，我这书本就这么开头。

1999 年 10 月

# 《水浒传》主题歌词

电视风风火火之年，戏曲郁郁闷闷之时，“该出手时就出手”之歌流行，“你有我有全都有”之歌曲流行。巴山小鬼复发杂文瘾，梨园小妖重做荒诞梦。谨以两首《水浒》主题歌词并呈于冥冥之中。施耐庵、金圣叹二公泉下有知；宋江、林冲等梁山好汉英灵不昧：敬请穿越时间隧道，与当代读者一起评赏歌词。

第一首，是电视连续剧《水浒》主题歌：

大河向东流，
天上星星参北斗，
生死之交一碗酒。
说走咱就走，
你有我有全都有，
水里火里不回头。
路见不平一声吼，
该出手时就出手！
风风火火闯九州。

这首歌，作曲与演唱特别精彩；作词虽然有

些粗糙，内容虽然有些空泛，但附丽于优秀电视剧、优秀音乐、优秀演唱“三优”之中，水涨船高，综合成器。再经中央电视台第一套黄金时段传播，歌词警句“该出手时就出手”引起全社会共吼，适应各种人心态，龙蛇通用，善恶咸宜。贪官出手索贿，酷吏出手整人，小偷出手探囊，大盗出手劫车，暴徒出手打架，色狼出手采花，奸商出手宰客，奴才出手拍马，“公仆”出手争权，“公安”出手捞钱……都可以各取所需，心安理得歌唱“该出手时就出手”！哈哈，这种“黑色幽默”效益，大约不是歌词作者始料所及吧？

另有一首，是1998年间中央电视台文艺部举办《水浒》戏曲晚会主题歌。播放时段较差，播放次数甚少，传播范围不广，鲜为大众所知。补录于下，以飨读者诸君，以祭梁山好汉。

水浒惊涛卷，
英雄怒火燃。
民间血和泪，
朝廷骗与瞒。
梁山泊弟兄都有苦，
大宋朝官员多姓贪！

苛政猛于虎，
冤案堆如山。

效忠无门路，
仗义受刁难。
忠也难，义也难。
好人一生不平安。

悲歌慷慨啊，悲无用，
借酒浇愁啊，愁更添。
反也难，顺也难，
委曲求全也枉然。
忍忍忍，忍无可忍，
逼逼逼，逼上梁山！

请读者朋友平心而论，这首戏曲晚会歌词，是否比电视剧歌词更符合《水浒》主题？是否更切中梁山好汉特征？是否更体现北宋时代的社会矛盾？是否更概括中国封建王朝官逼民反的历史因果？是否更揭示梁山造反始于被迫无奈，终于接受招安的必然趋势？是否更配合《水浒》史诗的悲壮氛围？是否更有文学性，更有韵律感？是否更有美学厚度，更有典型意义？

正当我叹息这首歌词未与电视剧结合而流行民间，只与戏曲作伴而难于传播；吾友A君以金圣叹逆向思维评说道："假定这首歌词与电视剧结合而流行于民间，被大众传唱，是否会引起更大的'灰色幽默'效应呢?!"

这话耐人寻味，应考虑修改歌词。例如：把“官员多姓贪”改为“官员少数姓贪”就行了吧?!

1999 年 12 月

# 无刺的相声

十月里来是佳节。在表扬与自我表扬的欢庆声中，牛群老弟居然虚心征求尖锐的批评意见！破例、破例，难得、难得。但愿老弟虚心是实，此谋非“阳”，不至于引我出洞鸣放，再发动众位明星围而歼之。反正我是曾经沧海，大神都不怕，还怕小牛吗？直说吧，我这相声槛外人，就斗胆继承优秀相声的讽刺传统，针对不敢讽刺时弊的相声界不肖子孙，说一段带刺的单口相声吧。

春节晚会年年难办年年办，近几年来总有牛群老弟一段“唱堂会，跳加官”式的相声节目，在歌舞升平之间登场搞笑，在一刻千金之夜老生常谈。牛群枉有伶俐的口齿，善辩的技巧，可惜用于编造套话、废话、浅薄笑话、矫情大话、迎合领导之话、应酬任务之话。言不由衷则言不及义，每年必说而每况愈下。亿万观众听腻，有识之士摇头。老弟，你也有自知之明，年年暗地叫苦。赔笑已非乐事，为何带着面具去笑？领奖心有愧怍，为何厚着脸皮去领？你说你是无奈，我看你是“无赖”！占着茅坑不拉屎，赖着晚会往上爬。相声变成了献媚的工具，削弱了相声的讽刺锋芒。

讽刺，是相声的强项，是这门语言艺术的“应工”。虽然也有那种不带刺、只逗乐、绕绕口令、开开玩笑的传统相声，但那不是优良的传统，不是此道的精华。杰作多忧患，忧患出杰作。高明的相声艺术，是用笑声表达忧患。是通俗的杂文，是活动的漫画，是笑打丑类的醉仙拳，是切中时弊的解剖刀。优孟讽谏，相声讽劝，嬉笑怒骂，皆成文章。讽得越巧，刺得越深，越是相声上品。《关公战秦琼》、《改行》、《买猴儿》、《帽子工厂》、《假大空》……讽刺对象岂是蚁民？讽刺锋芒何其尖锐！牛群老弟出山代表作《领导，冒号》、《小偷公司》、《假话世家》亦有几分锐气，因此受到大众欢迎。可惜，鸡公拉屎头节硬。为什么后劲不足，讽刺无力？难道现实生活已经完美无缺，少有可讽刺之事，说相声的再也寻不到讽刺对象了么？别瞎装了！转型时期，事态奇特，可讽可刺之事与可歌可泣之事美丑交集，同样层出不穷。单说反腐败，讽刺贪官的素材，俯拾皆是，够你选用。再听民谣民谚民间笑话，遍地零珠散玉，够你提炼。说到这里，我替你们脸红。无刺的相声，愧对辛辣的民谣。老百姓比冠上“艺术家”的笑星更清醒，更正义，更幽默，更有胆识，更有绝招啊！

1999年12月

# 时评与华表

时事评论，是社会图像中的速写快照。

时事评论，是杂文劲旅中的轻骑尖兵。

有一种杂文，长期观察，苦吟而成，如拙作《巴山鬼话》。另有一种杂文，现场感触，即兴挥就，如潘多拉的时评集子《深度批判》。

慢工出细活的杂文，文思成熟，文风严谨，文笔考究，文采焕发。其读者主要是文化圈内人，或圈外文化素养较高的人士。潘多拉这种时评体杂文，读者范围宽泛多了。是普通市民关心之事，是寻常百姓注目之文。如果文章内涵太深，表述太雅，文学性太强，学术气太浓，反而不易被大众接受传播。时代需要时评对时事作出迅速反应。快刀斩乱麻，来不及精雕细琢，也用不着久炖慢熬。四川美食家对红锅炒菜有句口诀“肝腰下锅七八铲！”味道之美，就在脆性。

高明的厨师能在七铲八铲之内将食物炒脆，既不生涩也不死绵。这火候，这功夫，全靠平常练习，熟能生巧。

潘多拉的时评体杂文，厚积薄发，粗得有劲道，快得有特色。与官方社论述评之类相比，小潘短文更有独立思考，更带平民意识，更无拘束，更敢呼吁。单看标题：《谁在欺骗周总理》、《“我不相信政府”》、《“混”进共产党》、《怀念陈希同》、《大海航行靠乘客》、《取之于民，用之于官》……明眼人一览便知不是官方时评的规范用语。这种来自民间，代表个人，针砭时弊，评说政府，大声疾呼反腐倡廉的公开文学，使人联想到古代的谤木，最初的华表。

“谤木”一词，大陆人久违了，近年才在报刊偶尔闪露。几十年习惯“舆论一律”的中国公民，即使是知识分子，也多数不知谤木为何物？共和国亿万人口只见天安门前华表挺立，却不刨问华表的来历根底。谤木，即“诽谤木”，亦称“华表木”。相传尧舜古风，政治开明。交通要道树立木牌，鼓励天下人在牌上公开指责政府过失，议论世间是非，提意见，写建议。尧舜民主，海量汲收，闻谤则喜，纳谏为乐。当时的华表，横木交插立柱，形若提水吊杆，美似高树花枝。木头好刻字，功能如竹简。后来，渐渐变为石柱，刻字太艰难，想提意见的人民望而却步。秦皇专政后，华表更变质。顽固花岗石，威风帝王柱，头上盘踞雄狮，浑身环绕虬龙。象征极权矣！体现专制矣！人民对此怎敢非议？只好匍匐表下，山呼万岁。引人深思的华表：从纳谏之木，变为拒谏之柱，形象地揭示了中国之国情演变。

历史漫长曲折，大潮毕竟东流。改革开放以来，有关谤木的话题逐渐说起。接近谤木作用的杂文时评，也容许公诸于世了。当代中华，社会进步，才有了潘多拉这本集子，才有了我这番议论。看来，华表返璞归真有望，我国民主前途可观。

我以尧天舜日之平民语，献给返璞归真之华表柱——

中华人民共和国建国五十年，分为两个历史阶段。前三十年与近二十年，前后两条基本路线大不相同。实践是检验真理的唯一标准。前三十年虽然不乏可取之处，但基本上失败了。近二十年，虽然还有很多弊端，但基本上成功。笼统而言五十年光辉成就，当然皆大欢喜。据我独立思考：前三十年含有十年浩劫，岂能与二十年改革开放平分光辉？应该突出改革开放对中国起死回生的历史功勋。如何吸取前三十年的失败教训？如何发扬近二十年的成功经验？又如何克服现实存在的诸多弊端？天下越有道，庶民越敢议论。广开言路，从谏如流，乃是治理国家综合方案之中的一剂良方。

1999 年 12 月

# 乱点群星谱

最近《名人》杂志集中发表众多名人题词，特邀本人对此评头论足。告罪在先，小鬼杂文略有辣味，诸位名人大肚能容。评点不当，哈哈一笑。

## （一）

耐得住寂寞

经得起喧嚣

——庄则栋

魏评：何为“喧嚣”？何为“寂寞”？老运动员庄则栋最有深切感受。他卷入体育运动与政治运动，他亲历球场胜败与官场沉浮。他也曾喧嚣一代，红得发紫；他也曾寂寞多年，灰得发霉。请用宏观眼光审视：这位“文革”前的世界冠军，“文革”中的宠物，“文革”后的替罪羊，既是“乒乓外交”的工具，又是政治斗争的工具。只有中国的“文革”，只有这场特殊“运动”，才会造成

“运动员”的悲剧。啊！一声“乒乓”响，满场运动悲！

## (二)

祝《名人》

吉祥如意

——才旦卓玛

魏评：西藏金嗓子，高原百灵鸟。当我年轻的时候，爱听才旦卓玛高唱《无字的歌》。如今，听歌人与唱歌人都已人过中年，我仍然觉得她唱的歌曲以《无字的歌》最好。另有一首《远飞的大雁》，是想念恩人的歌。“文革”武斗打派仗，你死我活的双方都一致高唱才旦卓玛这首《远飞的大雁》。“卫东派”被“保东派”打败了，就含泪吟唱“卫东派想念恩人”。过几天，“保东派”被“卫东派”抓捕了，又含泪吟唱“保东派想念恩人”。才旦卓玛这支《远飞的大雁》，以及所谓“恩人”，都成了左右逢源，总是有理的怪鸟！

才旦卓玛大姐：你的意外收获是红色颂歌玩出了黑色幽默！

## （三）

名人说名人，没什么好说的。

——刘欢

魏评：这要看名人说的什么话。如果是套话，当然没什么好说的。如果是妙语连珠，警句灌耳，那又有什么不好说的呢？

我说刘欢什么好？就说他唱的那首“该出手时就出手”。这句歌词，引起全社会共吼，适应各种人心态。龙蛇通用，善恶咸宜。贪官出手索贿，酷吏出手整人，小偷出手探囊，大盗出手劫车，暴徒出手打架，色狼出手采花，奸商出手宰客，奴才出手拍马，“公仆”出手争权，“公安”出手捞钱……都可以各取所需，学刘欢拉开嗓子，歌唱“该出手时就出手”！

刘欢：你是美与丑的组合。是“八戒”之貌与“八哥”之声的组合。造物主也真逗，竟会让这么丑陋的嘴脸唱出这么美妙的歌声！又会使这么激昂的歌词收到这么奇怪的反响！

## （四）

牛眼看人高，狗眼看人低。

——谢晋

魏评：人眼看人呢？应该是平等相视的吧？但亿万凡人都仰着脖子看“伟人”，因为凡人是跪着的！

## (五)

想当名人看人脸，当了名人人看脸。
要想保住这张脸，不能给脸不要脸。
与牛脸共勉

——郭达

魏评：句句要脸，嘤嘤寻友。然而，要脸之祝词，只宜与要脸之人们共勉；对于厚黑学高才生毫无用处，因其成名诀窍正在于——什么都要，就是不要脸！

## (六)

名人算个啥？和珅不也是吗？
不过《名人》有了他，没准儿看的人更多！
看归看，别学。

——王刚

魏评：就请扮演和珅的名人王刚，去探监采访另一位学习和珅的大名人——陈希同！专稿在此刊发表，看得人准会更多。学你的人，准会有；

学他的人，没准……还会有！

## (七)

千万别拿自己当名人。

——赵本山

魏评：赵本山学唱《小草之歌》：“我是一棵无人知道的小草！”

牛群拍摄赵本山，题词：“这是一棵无人不知道的小草！”

我另题一行：“这是一棵城里众人皆知，山里穷人不知道的小草！”

特困地区、山里穷人、文盲儿童、瞎眼老翁……中国还有这么一帮人至今没看过电视，压根儿不知赵本山之类是什么东西。

## (八)

珍惜名声，善待百姓。

与《名人》共勉

——凯丽

魏评：久违了，“刘慧芳”。你靠《渴望》成名，《渴望》在特殊时期成功。八十年代之末，大风大浪之后，老百姓躲进小楼成一统，《渴望》

应运而生。刘慧芳以传统女性的“中庸之道”平衡了社会心理左右倾斜。凯丽则是刘慧芳的代称，被当时的观众视为理想贤妻。

如今时尚大变。岂不闻男人不坏，女人不爱！反过来，女人不坏，男人也不爱！妻子越贤，丈夫越嫌！女人“挺”好，男人“挺”更好！好男好女的最高标准，乃是一个“挺”字！刘慧芳活该落选，请靠边站，宫雪花比你走红！

## （九）

你把我们都编了，

哪天不行了，《名人》可要管饭。

——葛优

魏评：葛优演王朔的电影多了，开口带着王朔味儿。只写了两句词，就戏说要人管饭。我也戏问几句：阁下每月收入多少？每顿胃口多大？要花多少钱才能管好阁下每月一日三餐饭？最低数字，估计如下——大明星一月饭钱，工薪族十年工资！

## （十）

黑白世界，

棋乐无穷！

——马晓春

魏评：“棋乐无穷”，谐音“其乐无穷”。二十年前，吾国号召与天斗其乐无穷，与地斗其乐无穷，与人斗其乐无穷，斗得国穷民穷。

二十年后，“棋”乐无穷。一字之差，两个时代！

## （十一）

《名人》之歌

既要注重批评与自我批评

更要注重表扬与自我表扬

——作词甲丁

作曲姚明

魏评：下句歌词“表扬与自我表扬”摘自当代民谣。干脆把民谣的另两句也谱成曲子，一定流传后世——

密切联系群众，
不如密切联系领导！
理论联系实际，
不如理论联系实惠！

## （十二）

"名"天会更好，"人"人都有份

——黎明

祝大家在新的一年心想事成，事事顺利

——林心如

《名人》杂志 新年快乐 心想事成

——张惠妹

魏评：巨星、巨星、一群巨星！套话、套话、一堆套话！

巨星魅力迷人，追星族梦魂颠倒，走火入魔。

套话索然寡味，评点者褒贬皆难，握笔发呆。

退后一想，打锣卖糖，各干一行。巨星们卖的是扮相身材，干的是轻歌曼舞，拍的是肥皂剧，吃的是青春饭。舞文弄墨非其长，语法不通也可谅解，何必苛求帅哥靓妹写出绝妙好辞。回顾我辈书生，纵使苦吟成戏，挥笔生花，在追星族眼中顶个屁用。赶不上巨星们嗓子一吼，身子一扭，地球也要抖三抖！时代风气如此，市场规律如此，不服也得服。

再说，巨星们的题词比上不足，比下有余。若与世人作家相比，歌星略输文采，影星稍逊风骚。但是，若与某些爱好题词的地方官员相比，套话废话，彼此彼此，可配伯仲。例如张惠妹题词，贵在没有写别字，就比个别地方官员的水平略高一筹。传媒报道：台湾李敖声言提拔张惠妹出任副总统！这不行，太拔高了。然而，就题词的水平而言，请张惠妹在我们这里当个地方官，我看是够格的。

## （十三）

最后这一则，轮着我自己题两句词了。好，本人题词如下——

我尊敬一种名人，

他们是无名老百姓的著名代言人！

2000年12月整理

# 明星足球队

我又看到《名人》杂志十一幅名人题词都是中国明星足球队队员的手迹。

对于球类运动，鄙人所知甚少；但对中国明星足球队，却早有风闻。据说：前年洪水泛滥，明星足球队举办义赛义演，当场为灾区筹集六千万元现金，又据说：明星足球队曾为国家体育事业募捐一千几百万元巨款，全数交公，每个队员分文未取。

哈哈，现在居然还有不爱钱的明星！或者说，明星居然还有不爱钱的时候！走穴漫天叫价，锱铢必较；忽又一分不要，助人为乐。几重性格，两个极端，这就要看走到哪种场合，面临什么情况。一当国家有灾，人民有难，咱们的明星带头急公好义，把官员的赈灾职责揽过来让演员履行操办。精神可嘉，成绩可观。不过，我得补充一笔明星足球队可能没有精打细算的账目。你们当场募集的六千万元赈灾现金，是否一分不少都送到了灾民手中？会不会转运到哪个环节被公仆拿去与主人三七开了？你们只能保证自己分文未取，演员不能替官员打包票。明星要钱是明拿，官员要钱是暗取。你们明星敛财的渠道多，赈灾这一顿不吃不要紧。可是公仆不吃白不吃，好不容易盼到洪水大灾，借赈灾机会而中饱私囊乃是吾国官场千年老传统。“要致富，去修路！要发财，去赈灾！”则是当代民间新谚语。我只相信在赈灾中大作奉献的明星足球队与上述谚语无关。娱乐圈即使要捞钱，另有独特的行业口诀。例如：“要实惠，办晚会！吃公款，搞庆典！”

娱乐圈哥儿们姐儿们平时说话很有口才，下笔题词如何呢？但愿妙语连珠，微言大义，文字不多道理深。

可惜，言语不多很费解，恕不一一引用。

十一位明星的题词，都是用双关语的办法把自己的代表作挂在口上，写到纸上。

但看一幅还顺眼，集中多幅就突出得刺目了。题词千篇一律，都夸自己的拿手好戏，几句顺口溜，一群自恋狂！我想查阅中外名人语录，是谁首先发明这种题词方法，那人肯定不是庸才；而群起效颦的诸君，肯定不是天才！我尽量措辞委婉一些：明星们是演戏歌唱的天才，不是舞文弄墨的天才。但演戏唱歌要演唱成大家风范，就必须兼备一点舞文弄墨的学问。本人近来点评了六十位名人题词。恕我直言：娱乐圈里某些大腕不屑于苦吟成辞，笔下的随意性多了一点，肚里的墨汁水又少了一点！

我忽发异想：娱乐圈有识之士欲成大气候，当务之急，不是发展“中国明星足球队”。而应自觉筹建“中国明星文化补习院”！

那么，谁来业余玩足球呢？我再发奇想：可否成立“中国官员足球队”？恳请吾国高级知名官员，公务之余，少去微服出游度假村打高尔夫球；不如与民同乐，公开亮相踢足球。就凭各位首长的知名度与权威性，卖座绝不会低于明星足球队。更重要的是：由“中国官员足球队”卖票募集的赈灾扶贫款，下面的地方官儿不至于分吃顶头上司亲脚踢出来的成果，有可能一分不少送到灾民贫民手中！

2000 年 12 月

# 民谚也是格言

——《图说魏明伦格言》代序

我辈从“文化大革命”过来，一听“格言”，条件反射，马上想到发行八亿，人手一册的语录“小红书”。那年头，早请示，晚汇报，三忠于，四无限。语录是至高无上的格言，全国只此一言堂。正如大人物童年时代《咏蛙》绝句：

春来我不先开口，

哪个虫儿敢出声！（注）

伟哉！这两句堪称巨人格言，至今回想起来犹有余威！

然而，有两句巴蜀民谚：茄子是被吊大的，人是被吓大的！

是啊，我辈书生被文化大革命吓大了。伴随新世纪，进入群言堂。俄国人契诃夫的格言说得好：大狗有大狗的叫法，小狗有小狗的叫法。语录体的书籍，格言式的文字，并非大人物的专利品，“小虫儿”也可以哼唱几声。

于是，鄙人迂性发作，咬文嚼字，探讨一下格言。

《辞源》解释：格言是含有教育意义可作为准则的话。《辞海》解释：格言是熟语的一种，可为法式的言简意赅的语句。《辞海》举出典型的格言例子：满招损，谦受益。

我也借用这句格言例子，解剖一只麻雀，弄清楚“满招损，谦受益”是谁人说的话？查阅《辞源》、《辞海》等等辞书，皆统一注明“满招损，谦受益”出自《书·大禹谟》。据我所知，“书”是《尚书》的简称。《尚书》是儒家经典，相传由孔夫子汇编。《大禹谟》是《尚书》的一篇，“满招损，谦受益”出自《大禹谟》。据此论断，这句经典式格言，是圣人的语录。

但是，问题来了。多种辞书统一注明：《古文尚书》原有《大禹谟》篇目，可惜早已佚亡。现有《大禹谟》是伪《古文经书》篇名，本系后人伪托。

皮之不存，毛将焉附？《大禹谟》本身都靠不住，其中“满招损，谦受益”是否圣人的语录，有待考证。我辈不妨驰骋想象，这句格言可能出自古代“谤木”上老百姓的意见书。或许是由于帝王自满，引起百姓不满，就把警示性建议“满招损，谦受益”刻在当时的“谤木”——即最初的“华表”柱上。好在古代是名副其实的尧天舜日，大度帝王还能听取批评意见；虽然有些自满，但不至于讳疾忌医，割断提意见人的喉管。“满招损，谦受益”得以保存下来，载入典籍，传为格言。

从古代民谚演变为现代格言的例子不少，信手拈来一条：“我为人民鼓与呼”。此乃彭大将军警句，群众耳熟能详，口碑载道，算得上响当当的现代格言。其实，“我为人民鼓与呼”不是彭大将军原创，而是转引湖南农村大跃进时期的一首民歌：“谷撒地，禾叶枯，青壮炼铁去，收禾童与姑。来年日子怎么过？请为人民鼓与呼。”往上探根溯源，这首现代民歌又是从东汉童谣演化而成。《后汉书》透露，桓帝年间战乱频生，大量劳力出征，致使田园荒芜，民怨沸腾，童谣散布：“小麦青青大麦枯，谁当获者妇与姑，丈人何在西击胡。吏买马，君具车，谁为诸君鼓咙胡？”史家注释：鼓咙胡者，私咽语也。

以上例子是民谣变为格言，下面例子是格言变为民谚。譬如巨人格言“革命不是请客吃饭！”，转化为当代民谚：“革命就是请客吃饭”再如五十年代标语式的格言“密切联系群众，理论联系实际，批评与自我批评相结合”。到了九十年代，嬗变为句式照搬而稍换几字的民谚：“密切联系领导，理论联系实惠，表扬与自我表扬相结合！”

老百姓是语言魔术师。“理论联系实惠”，与

“理论联系实际”只有一字之换，简练到了不能再简炼，内容比实际还要实际。如果说，“联系实际”这句格言在五十年代被人们做到了一小半；那么，“联系实惠”这句民谚在九十年代已被人们大半做到了。

以上是移花接木的例子，更多的当代民谣纯属原生态。都不知是谁首创，是谁加工？畅销杂志《杂文选刊》长期编排专栏“无谱流行曲”，大量发表街谈巷议而没有作者的当代民谚。搜集虽多，仍然挂一漏万。吾国处于转型时期，“民间段子”空前丰收。数量之巨，质量之高，不胜枚举。类似下面两行揭示金钱世界男女异化的警句，只不过是民谚海洋中一朵浪花。

男人有钱就变坏，

女人变坏就有钱！

寥寥十四字，观察深刻，概括高明，表述巧妙。逻辑思维与形象思维并举，内涵与技巧都不亚于传统格言“饱暖思淫欲，饥寒起盗心”，“贫居闹市无人问，富在深山有远亲”等等。如此民谚，就是格言，肯定会流传下去。

今后修订辞书，在“格言”释文“是含有教育意义可作为准则的话”之后，应该增补一条：格言中也有愤世嫉俗，燃犀烛怪，佯狂反讽的警句。如果举例，首选郑板桥的“难得糊涂”。也不妨从当代民谚中选一句作代表，例如“哀莫大于心不死”！

这一句在知识分子中流传很广的新民谚，将古人格言“哀莫大于心死”反其意而用之。人心不死，本来是好事，为什么比心死了还要悲哀？余味深长，耐人咀嚼。笔者借题发挥，在近作剧本《好女人？坏女人》里哼出一句台词：“哀莫大于心坏！”昨日忽又觉得此言太直，更艺术的说法是“哀莫大于心好”！世人的心肠已坏而唯君心肠独好，你岂不是一个反常的怪物？哀哉，谨防被开除“人”籍！

得罪了，在下文风惯于反讽，正是拜民谣民谚为师。承蒙上海古籍出版社不嫌麻辣，从拙作中摘编闲言碎语，特邀漫画家配图出书。画为文增色，文替画帮腔。冠名“图说格言”，是这一套五卷丛书的总题；于柏杨、李敖、王蒙、贾平凹诸位四卷适合称“格言”，叨陪末座之鄙人则不敢当，只算别具一“格”之言。既有合格之处，也有出格之处。出格，出的历代圣诏之格；合格，合的民间笑谈之格。

民谚是无作者署名的格言；

本书是有作者落款的民谚。

圣诏式的格言，不乏祸国殃民之例。譬如曾经高悬全国，奉若神明的“以阶级斗争为纲”！

不料土生土长，原汤原味的民间谚语竟会促进中国走出歧途，推动人民改变命运！

谓予不信，请听川语——

一句民谚：摸着石头过河！

两句民谚：不管白猫黑猫，抓着老鼠是好猫！

2001 年 9 月

**注**：1910 年秋，少年毛泽东改写清末郑正鹄所写的《咏蛙》诗句，表白自幼胸怀大志。改诗曰：“独坐池塘如虎踞，绿杨树下养精神。春来我不先开口，哪个虫儿敢出声！”

# 灶王碑

无灶不成炊，无炊不成饭。百姓以食为天。万家以灶为王。灶王非帝胄，落户化平民。无门神之威严，有福星之和蔼。伴厨娘，傍伙夫，开门七件，每日三餐。掌管人间烟火，关心家务稻粱。厨下丰盛，天下太平。灶王锅盏不满，帝王江山不安矣！

说不尽秦皇汉武，演不完雍正乾隆。朝代可换，权利可争，脸皮可变，地皮可刮，而百姓万家之小小灶头决不可挖！

怪哉！竟有家家挖灶之事，出于天天说谎之年。今日新新人类不知，昔日衮衮诸公健忘。曾记否？挖掉万家小灶，推行一口大锅。同进公社食堂，共饮清汤寡水。灶王爷冷落，水肿病流行。回想当时劳模盘中食物，不如当代乞丐碗里油荤！

时代前进，胃口大开。从前饥不择食，如今食不厌精。饿殍子孙脱贫，不满足粗茶淡饭；小康人家找乐，更追求美味珍馐。大有豪华宴，小有冷啖杯。何日不吃？何处不吃？何事不吃？何人不吃？好吃之中华，饭店之王国。灶台兴旺，灶火走红。灶王爷与时俱进，灶王碑顺势诞生。

七十二行，行行有王。茶道敬陆羽，酒坊敬杜康，盐井敬炎帝，饭店敬灶王。民间传统，送灶对联：“上天言好事，下界保平安。”风俗依旧，内容出新。食欲，乃动物之共性；烹调，乃人类之创举；中餐，乃人间之至味；朵颐，乃人生之快事。品尝满桌珍馐，寄语满堂贵客：好吃而不懒做，醉酒而不发疯，享乐而不腐化，致富而不忘贫。朱门之外，谁家还有冷灶？危楼之上，几户仍吸寒风？旧灶王说好不说歹，新灶王报喜亦报忧。上天讲真话，下凡查实情。安得遍地佳肴。普及全民餐桌。两分辨证，三复斯言：不管何朝何代，无论姓社姓资，若测世上风云，先问灶上如何也！

二〇〇二年四月为灶王大酒店楼题壁

# 劝君少刺秦始皇

## 初看《英雄》联想一首“韵文”

我与张艺谋有点头之交，每年总要在全国政协文艺组内聚会几天。我作为一个佩服他的熟人观众，昨天也随大流去看了巨片《英雄》。不看不知道，一看真美妙。其色彩、光影、构图、动作，炉火纯青，超级精品。艺术形式美极了，市场运作棒极了。张艺谋是唯美主义的大艺术家，又是票房主义的大实干家。《英雄》导演本人就是文艺界的当代英雄。我服了，不服也得服。

且慢！我服的是形式与运作；但内涵如何？主题是啥？我得保持独立思考。一思考就有所发现。这部巨片最后总结式地这样告诉当代观众——秦始皇是统一天下的大救星。反抗秦始皇的人们不识天下大局，都不算真正的英雄。刺客无名终于迷途知返，改变“屠龙”初衷，他不失为一个小英雄，而天下最大的英雄乃秦始皇也！

一言概括主题“劝君少刺秦始皇!”

我发现，这与“文革”后期流传甚广的“劝君少骂秦始皇”寓意暗合，异曲同工。那是一首气魄甚大，平仄不调，口占而成的七言八句韵文，比较准确的版本如下：

劝君少骂秦始皇，
焚坑事业要商量。
祖龙虽死魂犹在，
孔教名高实秕糠。
百代多行秦政治，
十批不是好文章。
熟读唐人封建论，
莫从子厚返文王。

其中深意，小青年不知不懂；我辈过来人，难道也健忘了?

从古至今，对于号称“祖龙”的秦始皇，有孟姜女的看法，有荆轲的看法，有司马迁的看法，有杜牧的看法，也有鲁迅以及顾准的看法，还有“马克思加秦始皇”之类的看法。如今张艺谋的看法，则是当前影视剧流行“帝王崇拜”主题思想的最精致代表作。

鄙人大受感染，仿《英雄》看法，学“韵文”笔法，也凑个七言八句吧：

劝君少刺秦始皇，

焚坑事业要商量。
祖龙虽死魂犹在，
易水已枯人健忘。
历代多行秦政治，
史记枉作好文章。
欣赏英雄新电影，
莫从姜女哭城墙。

## 再评《英雄》，联想一首歌词

今宵煮酒论《英雄》，自然联想起刘晓庆拍摄的《火烧阿房宫》。巧了，那也是刺秦的题材。更巧的是，刘晓庆曾经热情邀请我写过《火烧阿房宫》的主题歌词。此事鲜为人知，现在透露一点吧。我应约写的歌词如下：

天下的江水哪里最冷？
是千古悲歌易水风。
天下的怒火哪里最熊？
是百日焚烧阿房宫。
天下的帝王谁人最威风？
是阿房宫内第一龙。
天下的刺客谁人最英勇？
是屠龙烈士热血红。
叹兴亡，看始终，

阿房火来自易水风！

谁失败？谁成功？

不以成败论英雄！

遗憾的是，刘晓庆没有荆轲勇敢，几次打长途电话要求我把《屠龙歌》改得“温柔”一些。我的八字方针是“改则勿用，用则勿改”，结果拉倒。晓庆是“叶公好龙”，我是“塞翁失马”。她的《火烧阿房宫》运作惨败，而张艺谋的《英雄》大获成功了。其成功之道在于创新，新在哪里？至少有三。

其一：古今一切刺秦的题材，或多或少含有反封建、反暴君的意义。《英雄》独具慧眼，刺秦而开拓出了歌颂秦皇、维护封建的主题。更妙者，是用现代化高科技托举出如此古老庄严的“圣谕”。

其二，中外许多商业片、武打片，乃至《卧虎藏龙》，都是形式大于内容，都是远离重大政治。《英雄》独辟蹊径，形式为内容服务，内容最后突出政治。是商业片、武打片中罕见的重大政治题材。

其三，当前许多充斥“帝王崇拜”的影视剧，包括《雍正王朝》、《康熙王朝》等等，过于一本正经，观赏性不够刺激，娱乐性不到巅峰。《英雄》独占鳌头，娱乐性登峰造极，是“寓教于乐”

的最高境界。

大哉，《英雄》！票房价值不止亿万。当然，也有为数上亿的当代青年观众在潜移默化之中一点一滴吸取“帝王崇拜”之精髓。

回首银幕，“天下”二字，其实是“天子”的代称。天子，真龙天子；惟有真龙天子，才能“统一”天下。“统一”二字，其实是“统治”天下也！

感慨之余，戏言一句：拍片要拍马，拍马要拍御马！

## 三评《英雄》，假定我是此片编剧

从编剧的行家眼光审视，由于《英雄》的“帝王崇拜”主题先行，而导致生编硬造，不讲人物的心理流程与行为逻辑。尤其是两个体现帝王崇拜的关键情节极不合理。第一个刺客“梁朝伟”为何在剑逼秦皇咽喉之时突然改变初衷？是什么东西促使他在一刹那之间恍然大悟不可刺秦？第二个刺客“李连杰”没有听信劝阻，坚持进宫行刺。又是什么东西促使他临场大彻大悟，放弃刺秦？仅凭秦皇几句书法剑术高论就能瓦解壮士的毕生追求吗？纯属扯淡！这“龙门阵”没有编圆，是编剧幼儿班作业的低级错误。

假定我是此片编剧，再假定我也是俯首帖耳遵照大导演的创意办事，用剧情体现帝王崇拜有理，这“龙门阵”我会这样编——双侠进宫行刺，“张曼玉”宫外阻挡御林军围攻，不知帘内隐情。“梁朝伟”在剑逼秦皇咽喉之时，突然，昏厥的秦皇躯壳腾起巨龙灵魂！光影迷幻，色彩斑斓。(这种场面，张艺谋拍起来肯定精彩。)“梁朝伟”恍然大悟，秦始皇是真龙天子下凡，统一天下非天子莫属，只能奉天承运，不可逆天行事。后来“李连杰”不信邪，以为“梁朝伟”痴人说梦。他不碰南墙不回头，不见真龙不低头。结果真龙再现，促使“李连杰”大彻大悟。不过，这次要拍得更涌高潮：巨龙蟠成蜿蜒长城，绕成浩荡长江。长城即龙，龙即长江，象征只有真龙天子秦始皇才能统一中国。这一招，大抵能把“龙门阵”编圆，可以把不合理的“瞬间突然放弃刺秦”合理化，也更能展示导演创意的内涵主题。

以上梦语而已，“假定”的前提不可能存在。众所周知，鄙人一贯以反对帝王崇拜为己任。即使有缘参与《英雄》编剧，我决不会俯首帖耳由导演指向哪里即奔向哪里。我会主张另设剧情矛盾：英雄们反秦是统一认识的，而用什么行动反秦王出现矛盾冲突。我会建议把“梁朝伟”写成张良式人物，把“李连杰”写成荆轲式人物。熟读史书者皆知：张良早年是刺客，在博浪沙刺秦失败；张良总结了荆轲、高渐离刺秦的得失，他另立宏图壮愿，不走行刺路子，另辟蹊径反秦。辅佐刘邦，推荐韩信，促成楚汉春秋，彻底推翻秦始皇江山，这比刺客高明千倍。功成身退，张良弃权而归平民。他是东方华盛顿，比华盛顿精神早了两千余年。可惜有华盛顿之风范，无美利坚之土壤！

可是，《英雄》导演会听我的吗？而我也未必听导演的。所以，我与影视导演总是捏不到一起，屡试屡散。只有两次没散，那是导演听我的了。此公叫吴天明，影片叫《变脸》；还有一次是电视剧《淮阴侯韩信》的主题歌词，这首歌词最早发表在《羊城晚报》，叫作《十面埋伏》。歌词的内容正是揭露从秦始皇到汉高祖，直到千年百代种种始皇高祖的帝王术。鄙人认定，中国的前景必须彻底抛弃帝王术，促成张良风骨与华盛顿精神的结合。必由之路，岂有他哉！

2003年2月

# 纪信广场赋

纪信，四川西充人。楚汉相争时，霸王项羽围攻荥阳，汉王刘邦束手待毙。将军纪信，假扮刘邦替死。刘邦得以逃生，终成帝业。纪信被乡里敬仰，誉为“功盖三杰，安汉一人”。

近年，西充县建成纪信广场。塑立巨型青铜群雕，重现纪信赴死，刘邦逃生的历史画面。本人应邀撰写碑文，与巨型群雕同立广场。

古郡开新路，小城建广场。西充小而胸怀阔，川北僻而乡贤多。桑梓以纪信为荣，广场以壮士命名。青铜映日月，巨塑披风雷。荥阳战事，移演于纪公故里；历史镜头，定格于现代广场。时光倒转，古人复活；将军赴死，汉王逃生。塑当时之刹那，成永远之瞬间。观群雕无语，促今人独立思考；叩汉阙有声，评青史百家争鸣。

旌旗猎猎，伐桀纣乃义战；烽火熊熊，反暴秦亦义战。楚汉相争，义在何方？帝王逐鹿，高手对弈。楚河汉界，黑马红车。仕相保帅职不容辞，兵卒过河义无反顾。各行其志，各为其主。

谁家正义谁无义？义在群英人格中。望明月而赞萧何，观剑舞而敬虞姬，闻鼙鼓而惋韩信，过鸿门而惜范增。叹淮阴不忘一饭之恩，咏张良抛弃千乘之贵。苏东坡作留侯论，李清照颂项羽诗。皆不分敌我，而取其人格也。

以此标准，衡量纪信。战鼓蓬蓬，烟尘滚滚。强敌汹汹压境，孤城岌岌可危，懦夫偷偷逃窜，智囊面面相觑。自称赤帝者，神鬼不灵矣。求和无望，割地无效，惶惶失措，奄奄待毙。此情此景，此时此刻，拍案而起，挺身而出者，乃平日少见显山露水之蜀人也；乃军中不善争权夺利之纪信也！疾风知劲草，患难识真诚。大智献策，大勇献身。士为知己者死，传统美德；马为策己者驰，军人天职。堂堂壮士，昂昂战马。同驾高车以诳楚，共蹈烈火而捐躯。壮士忘酬报，战马托死生。拯炎汉于垂危，挽狂澜于既倒。苍天不生纪信，西充不救刘邦，楚汉春秋必然另写，鹿死谁手变数大矣！

广场论史，深层求索。纪信人格可取，刘邦人品如何？有秦皇之威，无尧舜之德。虽然统一江山，毕竟封建帝王。打天下只为子子孙孙坐天下，建国家实则世世代代成家国。约法三章，欺诈关中父老；株连九族，屠杀开国功臣。纪信若不早死，功高难免震主。纪信乎？韩信乎？战马之功乎？走狗之烹乎？命运吉凶，岂能断定乎？开国皇帝，建国元勋，两者之微妙关系，双方之尖锐冲突，乃帝制特色，王朝规律也。问何人超脱权势？惟张良功成身退。打江山时，运筹帷幄；坐江山时，回返布衣。人格境界登峰，民主精神萌芽。惜哉！有华盛顿之风范，无美利坚之土壤。过早断裂者，张良之良种也；周而复始者，刘邦之邦本也！

纪信魂随张良，将军魄隐西充。生前未作元勋，而免英彭之祸；死后迟封虚爵，而得乡里之情。史书虽淡化，故土多传扬。两千年后，游客同瞻塑像；百亩地上，文人争说兴亡。战时纪信，战后张良。逐鹿时战马冲锋，得鹿后野鹤冲霄。鹤影不傍王朝，马魂融入平民。殊途同归，各有千秋！

二OO三年暮秋起草初冬成骈

# 多务实，快扶贫，缓称“盛”

当代中国大量涌现“盛世”称号！

我未考证此称号起于何时？更考证不出始作俑者是谁？只见传媒传盛世，庆典庆盛世，文艺大唱盛世，史学大讲盛世。大至“两会”报道，小至乡镇宣传。盛世之称，到处可见。

本人自有浅见，冒昧直言于下。

毫无疑问，“文革”是乱世。我们结束了“文革”乱世，功勋卓著。但从乱世到盛世，还有很长的中间地带。拨乱反正，改革开放，当然成果辉煌；然而，遥望真正的盛世，显然还有一定距离。

何为盛世？首先一条，苍天赐福，风调雨顺，海晏河清。环境少污染，生态很平衡。无大洪灾，无大旱魃，无大地震，无大瘟疫。对比当今现实，大自然没有赐予我们过早称盛的条件。

何为盛世？起码有两大基本标志；一是满，一是空。什么满？太仓丰满；什么空？监狱空虚。夸张的说法是夜不闭户，路不拾遗。如实的“指标”是犯罪率空前下降。由于人心相对纯净，所以作奸犯科普遍减少。老百姓皆有安全感，执政者因此敢于大赦天下。这大抵是盛世当之无愧的必要前提。请正视我国现阶段的实况。经济繁荣，有目共睹，算是“太仓丰满”。但是太仓果实分配悬殊，贫富差如天渊。再问“监狱空虚”否？答案相反，犯罪率空前暴涨，监狱人满为患，这也是有目共睹。“文革”乱世，冤案遍于国中；转型时期，非冤案的犯罪也遍于国中，大小盗贼遍于国中。官场大盗，市井劫贼，两皆繁衍，与日俱增。贫富两极分化，高科技与低人文也在两极分化。几种形态的两极分化，导致社会矛盾潜在地激化。盛世人心澹定，浮世人心浮躁。而人心浮躁，物欲横流，既是当代中国的突出病灶，又是当今世界的共同弊端。宏观全世界，已进入恐怖主义与反恐白热化的时代。恐怖主义驱动暴力犯罪，拜金主义驱动经济犯罪。寰球风云变幻，危机四伏。国际大环境决定了多事之秋的本世纪初绝非盛世！决定了各国小环境谁也不宜在恐怖主义与反恐白热化的时代自称盛世！

我国现阶段的实际定位仍是“初级阶段”，这时期的准确称谓应是“转型时期”。先行暴富起来的大款大腕，在十二亿人口中只占极少数。中国大陆还没有形成欧美发达国家那样普遍的中产阶级。以农民、下岗工人、一般工薪族、打工者、无业者、无产者为主干的弱势群体，占了总人口的大多数。新的万里长征虽已走完几段重要里程，但离建成全面的小康社会尚远矣。任重道远，居安思危。过早称盛，恐不利于全民增强忧患意识吧！

联想中国历史上元末明初一段名言。当朱元璋羽毛已丰，踌躇满志之时，谋士朱升及时提醒朱元璋，将直谏概括为三句话，九个字："高筑墙，广积粮，缓称王。"

明智的朱元璋立即采纳了朱升的直谏。后来，毛泽东所说"深挖洞，广积粮，不称霸"，即从朱升的名言点化而出。

如今，我认真参政，直言议政。相信成果辉煌而又保持清醒的当代中华英杰能够参考以下三句话九个字——

多务实，快扶贫，缓称"盛"！

2004年5月

# 牌坊赋

——题隆昌南关石牌坊古镇

精致隆昌小县，雄伟川东大门。青石之城，正当六路要冲；白鹅之邑，荣获四方美誉。古因驿道设县，近因牌坊传名。漫漫巴蜀道，萧萧斑马鸣。西上成都，遗留商队车辙；东连湖广，填满移民屐痕。南通滇海，运去隆昌夏布；北赴剑门，载去云顶春兰。采石取材，建牌坊于驿道；树碑立传，宣教化于通衢。追寻旧景，茶马道牌坊列队；比喻时髦，高速路广告成群。世风巨变矣！文物安在哉？叹多处牌坊已毁，喜本地精粹犹存。排列念珠状，出入走廊形。古镇三横三竖，驿道六碑六坊。坚固石头典籍，巍峨立体史书。

经八代天灾侵袭，受十年浩劫摧残。靠父老苦心呵护，仗自身硬骨坚强。精雕细刻，良材建筑金刚体，粗制滥造，假打工程豆腐渣。党内贪官，反不如坊上廉吏；商中败类，应愧对泉下石工。无名小匠，砌出有名佳品；浅体云纹，配合深体浮雕。榫头衔接，丝丝入扣；檐角伸张，跃跃欲飞。画图镌戏曲，书法衬楹联。善字少挥一点，善无止境；蝠形多添几币，福在眼前。冠顶荒而诞之，寓意加官挂印；猢狲站而溺之，象征立便封侯。郭门一族六七座，他乡罕见；南关两坊三百女，举国未闻。总统命令代圣旨，神州绝版；最高指示掩牌坊，乱世奇谭。噩梦醒来，白象青狮抖擞；晨风吹过，铜铃铁马叮铛。文物复苏，旅游增色。望鳌尖而开眼，对龙匾而沉思。古董建筑高明，欣赏丰采；牌坊内涵复杂，清理乱麻。

皇上六宫，拥三千粉黛；宦门万贯，纳十二金钗。君子不妨狎妓，平民亦可续弦。大丈夫三妻四妾，天经地义；小女人三从四德，铜锁铁枷。父母命，媒妁言。卜卦定婿，指腹为婚。嫁鸡随鸡，嫁犬随犬。以再醮为耻，以守寡为荣。失节罪游街沉水，谋夫罪割乳剜心。卫道传经，红颜女被迫就范；潜移默化，青春妇自愿居孀。半世孤灯，照出满头白发；一生痛苦，换来两笔朱批。贞节牌坊，压抑多少人性；朝延旌表，扭曲无数灵魂。悲剧正剧，只留下残碑遗迹；张氏王氏，最可哀有姓无名。

守节多糟粕，行孝含精华。以孝道治天下，帝王之权术；以孝心敬父母，华夏之美德。天大地大，爹娘恩情大；河深海深，人间母爱深。物种天性，禽兽皆同。乌鸦知反哺之义，羔羊报跪乳之恩。新新人类，对比飞鸟；嚣嚣逆子，怎及良禽。占住房而虐待父母，泡网吧而不回家庭，争遗产而推卸赡养，因口角而残杀慈亲。小公主冷对长辈，大学生热追明星。偶像轻伤，如丧考妣；老娘重病，置若罔闻。高科技，低道德。粗鄙娱乐之恶果，老龄社会之危机。观孝坊而忧民族，敲警钟而问子孙。若不孝敬家中父母，岂会热爱祖国母亲！

咏游子春晖寸草，评清官明镜甘霖。虽然七品令，何止百里才。下有地方循吏，上有家国栋梁。个人贤德，难治王朝腐败；帝制劣根，终归大厦崩坍。观一群德政牌坊，叹千年清官情结。对包大人，海大人深深拜倒；惜德先生，赛先生姗姗来迟。二公毕竟来矣，吾辈逐渐醒哉。历代清官，民之父母；当代公仆，父母是民。人治社会，替民作主；法治社会，民作主人。南关牌坊赋，北京法治铭。双文由一人秉笔，万众与百家品评。

二〇〇六年仲秋立碑

# 岳阳楼新景区记

八百里洞庭湖水，三百字岳阳楼记。文章何其短也！生命如此长哉！一湖一楼一记，托举古城升值；一人一忧一乐，唤起天下共鸣。蒙童学子，无不诵其警句；志士仁人，大多受其熏陶。高山仰止，焉敢班门弄斧；名楼扩建，确需新手操觚。岳阳大邑，有滕公之遗风，巴蜀小鬼，无范相之椽笔。斗胆应邀，知难而上者，兹因时代变迁，风骚各异。天下已非帝王之天下，岳阳乃是公民之岳阳。

重上岳阳楼，初游新景区。沿江五里城墙，凭栏百座诗碑。三级平台瞭望，十影凉亭遐思。瞻岳门高耸，出入新新人类；偃虹堤横卧，往来队队外宾。过城郊高速路，观云梦好风景；离闹市互联网，赏洞庭大自然。君山秀色，包容雅俗；湘水奇观，见证兴亡。波涌风云雷雨雪，浪淘唐宋元明清。五朝楼前，穿梭蓝领白领；双公祠内，展示紫袍朱袍。多媒体演绎青史，高科技改变红尘。铜象如生，群雕欲活。鼓瑟之湘灵，忽听彩铃交响；镇水之铁牛，诧看快门闪光。斩蛇之后羿，惊望嫦娥探月；举杯之洞宾，醉闻福娃争辉。安得时空融汇，今古交流。起范仲淹于泉下，偕滕子京于楼前。并肩游灯火万家，文明街市；刮目看辉煌四字，民本广场！

新哉！今日公民，与子民殊不可比；历朝天下，与天子密不可分。天子独裁天下，天下尽归天子。范仲淹，臣民也。上有天子，下有子民。循吏楷模，满腔正气；贬官典型，满纸牢骚。毕竟是臣民心理，忠君情结。先天子之忧而忧，后天子之乐而乐也。当代人，新思维。不奉天子之旨意，而遵公民之意旨。岂仅吸取范进士，滕进士之精萃；更须攀登德先生，赛先生之高峰！

变矣！古之天下，只华夏九州；今之天下，乃寰宇五洲。奥运火燃烧，地球村旋转。正面朗朗乾坤，负面花花世界。光明日新月异，阴暗波谲云诡。祸福伴生，喜忧交集。登斯楼也：喜巴陵纯净，青螺碧水；忧海域污染，酸雨赤潮。炎炎地球变暖，冷冷人心变寒。丛林法则弱肉强食；染缸效应，尔黑我污。斗争哲学，妄想人定胜天；钞票图腾，深信钱可通神。登斯楼也：喜经济飚升，忧道德沦丧；盼城乡平衡，哀贫富悬殊。最恨硕鼠害人，更忧人变硕鼠；牢记方舟靠水，警惕水覆方舟。登斯楼也：微观细细潇湘雨，宏观莽莽宇宙风。思考人类命运，探测时间简史。世界临近末日欤？信仰行将毁灭乎？乐极生悲，悲极生壮。黑洞虽深，银河仍美。雪灾虽猛烈，人气正昂扬。忧也！冰临城下；喜也！爱涌心头。苍天遣玉龙飞舞，试人间有情否？赤县促红梅开放，与彩霞比美哉。

壮别岳阳，忧患而不悲观；梦回湘浦，欢乐而催奋进。欲赏风月无边，再游此地，欲求天人合一，请上斯楼。

2008年春

# “学术超人”的要害是隐瞒历史！

接受“学术超人”称号的王立群先生，在其新书《王立群读＜史记＞之秦始皇》发布会上，大张旗鼓声称：秦始皇没有“坑儒”，坑的只是术士而已。成语“焚书坑儒”，是东汉至今儒家与世人对秦始皇的丑化和放大。作者呼吁全国历史教科书修改“焚书坑儒”，还秦始皇以公道。

这条新闻一上书市，果然是好卖点。海内外媒体沸沸扬扬，争相报道。

我是王立群先生新书的读者。拜读大作之后，对作者的高论提出质疑：“儒”是读书人的总称。方士、术士，指儒生中讲阴阳灾异的一派人，属于儒生大范围之内。况且秦始皇坑杀的不只是几个术士，还株连诸生四百六十名。诸生者，众多儒生也。“焚书坑儒”一词十分准确，岂能擅改教科书。

如此几条不同意见，却引得王立群先生气急败坏、暴跳如雷，在他的个人博客上破口谩骂，人身攻击。哈哈，这正好说明我这个读者的质疑，击中了“学术超人”的要害！

要害在哪里？上次我不过淡淡一提，点到为止。罢了，你卖你的书，我干我的事，各自赶路要紧。可笑的是“学术超人”哪壶不开提哪壶，那我就只好奉陪，回敬几句——

“一切历史都是当代史。人们对历史的评价总是从自身的现实出发，超越自身现实的历史评价从来不会存在。”

请注意！以上是王立群先生自己在新书里用黑体字突出的原文。我也用黑体字转引。这证明王立群先生熟知“一切历史都是当代史”。他不是为历史而历史，他对历史的评价是从现实出发的。那么，我辈读者能否探问一下：为什么现实而今复发秦始皇热?！为什么回升秦始皇情结?！为什么兴起一股为秦始皇隐恶扬善的思潮？推向全球的电影《英雄》，推向美国的歌剧《秦始皇》，以及王立群要求全国教科书修改“焚书坑儒”的呼声，不就是这股思潮的典型产物吗！

“学术超人”这一部标明为“巅峰之作”的演讲稿，是引证从古到今各个时代评说秦始皇功过的长篇厚书。上下两卷，四十万言。凡是有利于秦始皇七分英主、三分暴君的文献史料都尽量用上了。从古老的《史记》、《汉书》，到当今张艺谋的《英雄》，韩国柳光秀的《秦始皇计划》，都照搬出来如数家珍。把历代咏叹评说秦始皇的诗文都照抄出来加强佐证。然而奇怪！唯独隐瞒了一首最最最重要的律诗（注 1）！还隐瞒了一段惊人的加法式警句（注 2）！更隐瞒了历史上最大一次评说秦始皇的事件。（注 3）这是当时中国一切知识分子人人自危、个个表态的重大事件。是今天再评秦始皇绕不开的一段历史。是当代有良心，有风骨，秉笔直书的史学家决不会绕开的历史事件。竟然被王立群完全隐瞒了，向下一代隐瞒了。全书五百五十五页，一句不提此事。第一次印刷四十万册，第二次印刷多少？是信史，还是瞒史？瞒了多少青年读者？

“焚坑事业要商量”不见了，“坑儒事业要商量”出台了。三十六年前的未竟事业，而今改头换嚷着修改教科书了！

王立群先生啊——

你登了神坛，瞒了历史！

你赢了金钱，输了道义！

2009 年 5 月 10 日速成

注 1：最最最重要的一首律诗，指毛泽东在“文革”后期所作一首流传甚广平仄不调的口占七律：

劝君少骂秦始皇，
焚坑事业要商量。
祖龙虽死魂犹在，
孔教名高实秕糠。
百代多行秦政治，
十批不是好文章。
熟读唐人封建论，
莫从子厚返文王。

注2：最最最惊人的加法式警句，指毛泽东自称是“马克思加秦始皇”。

注3：历史上最大一次评说秦始皇事件指“文革”后期毛泽东发动，“四人帮”推行的“批孔”运动及“评法批儒”运动。批判儒家，推崇法家。声势浩大，家喻户晓。当时最“热”的法家代表人物是秦始皇。